夜の一ぱい

田辺聖子
浦西和彦編

中央公論新社

目次

ほろ酔い　85

酩酊　169

そろそろお開き　229

夜の一ぱい

乾杯

私とお酒

酒の点でいえば私はほんとうは由緒正しい酒飲みのはずである。父方の祖父も母方の祖父も大酒飲みで、その上父は酒で体をこわして死んでしまった。しかし現在、私の弟妹には誰一人、飲む者はいない。母の実家をついでいる私の従兄たちも、おしなべて下戸である。下戸の従兄が、このあいだ、百年もたってすっかり朽ちはてた古い家をこわして、宏壮な家を新築した（そうだ。私はまだ見ていない）。それは、湯殿一つをみてもたいへんな凝《こ》りようのよしであって、ライオンの口から水が出たり、浴槽には陶器の枕がとりつけてあったりするというので、一族の評判になった。

長老の大伯父は、

「やっぱり下戸で無《の》うては、こうはいくまぁで」

と大満足である。家産を蕩尽《とうじん》して飲みつくしてしまった祖父は、一族中ではさっぱり評判が悪い。連中のイメージの中にある酒飲みというのは、朝から手を震わせて盃を口へはこんでいる、アルコール依存症の汚ならしい老人をさすのであって、洟水《はなみず》は汚れた着物の袖へ垂れて、てかてかと光り、よだれは衿元へ流れ、ろれつもまわらぬくせに誰彼の悪口雑言を放っている、といった、愛嬌のない酒飲みなのであるらしい。一族の娘が結婚したりすると、

「婿は飲むかや？」

と聞いて、下戸だということになると、

「それは結構じゃった。そのうち、家も建ちゃんしょう」

と祝福してやったりしている。

そういうなかで私ひとり、酒をたしなむ、ということになっている。しかし私も、祖父たちや父のように、酒と心中するほどではなくて、なめる位のことである。酒の味のわかるような生き方もしてこなかった。ただ、同人雑誌や何かのグループで、町に出る機会の多い年月が、わりに長かったせいで、はじめに洋酒喫茶のカクテルぐらいから、味をおぼえた。そのころは、日本酒なんて飲んだことはなかった。カクテルやフイズものから、だんだんビールやブランデーになった。しょせん、女の子の飲みものである。

シンガポールへいったとき、安くてふんだんに飲めたのは、ヘネシーの抜蘭地《ブランディ》で、おりからクリスマスで、むし暑い暗い熱帯の町の、舞庁《ダンスホール》だけがにぎわっていた。ダンサーたちをあっせんするという、やり手ばばあのような女がついでに給仕もして、卓上にぽんと一本無造作にヘネシーを置いていった。ホールは暗かった。中国語、マレイ語、英語が渦

巻いていて、曲はツイストばかりだった。その喧騒のなかで飲むブランデーは、生まれてはじめて美味だった。

いまはサントリーのブランデーをときに飲むけれども、ひとりで飲むことはない。それは日本酒でもそうで、日本酒はおよばれの席で味をおぼえたのだと思うが、もちろん独酌するほどではない。それに、家でそんなことをしたら母が大変である。母なども家を新築して獅子の口から水を出したり、庭に狸の置物を置いたりすることを夢みているのかもしれないので、酒飲みが出るとその夢もはかなく消えると思うのか、きついご法度である。

しかし一人で旅行しての旅先では、体の調子や気分によって、「一本つけて下さい」ということもある。ところがちびで間抜けた童顔の私がそんな注文をしても、一向貫禄がないので困る。女のひとり旅で、そんなことをいうのはやはり、妖艶な年増か、ろうたけた美人ににつかわしいのであって、私ではさまにならないのであろう。女中さんはふき出しそうな顔をして、

「ハイ、かしこまりました」

と、つけて来てくれるが、熱すぎたり冷たすぎたり、で、ちょうどいいお燗のかげんになっていたことがない。女の一人旅が見くびられるのは古来かわりもなく、それでもやっとすんで女中さんが下げにくるとき、私の顔をじろりと見て真ッ赤なものだから、止せばいいのに、というように気の毒そうな顔をする。大きなお世話だ。

それから、年長者で、酒飲みの講釈をしてくれる人も、本人は好意だろうが、大きに迷惑だ。どんな美禄銘醸といえども、私自身の好みに合わなければ縁がないので、私は灘の近くに住んで、ふんだんに美酒にめぐまれているのであるが、その中で甘口の酒しか飲めない。そんなのは、ホンモノの酒じゃないよ、といわれても、辛口は飲めないのだから、仕方がない。

「酒の味をおぼえたら、次は男の味だよ」

とえせ通人の指南もいそがしいことだ。しかしこれも、たまに独酌的に、片思いをしてみても、私では貫禄がなくて、間がぬけてさまにならず、相手が吹き出すのではあるまいか。

さっき、酒を独りで飲むことはない、と書いたが、機会があれば飲むので、決して独りで飲むのがきらいではない。そんなに多く飲めるわけでもないので、それに飲まないと差支えるという程でもないので、飲まなければ飲まないで、何ケ月でもすごせる。ホンモノの酒飲みではない証拠であろう。しかし、また、日本酒といいブランデーといい、ないとなると、淋しいことだろう。

五十くらいになってみたら、ぬうと飲み屋へはいって、「一本つけて」といっても似合うかもしれない。あたりを払う威厳も出るかもしれない。それを考えると、年をとるのも楽しみだ。しかし威厳といい、貫禄といい、やはり人間の仕事の中味によるのであろう。

戒心、戒心。

（『酒』一九六六年五月）

夏の酒

私に酒を教えこんだのは、相棒（編者注　夫の故・川野純夫氏）である。（どういっていいか分らないから、相棒にしておく。関西ではこういうとき、ウチノオッサンというのであって、そういうとピッタリするかんじなんだけどなあ。亭主といい、旦那といい、主人という。みな東京弁であるから、大阪弁には適当なのがない）

私はそれまで、洋酒やビールを飲んでいた。

これは女の子の酒歴からいうと当然なことで、女の子同士や、若い男女で連れだってゆくのは、洋酒喫茶や安い止まり木バーにきまっている。若い女が日本酒を飲む場所はないのである。（奢って貰えば別だが）

たいてい年を食ってから、あるいは相棒が出来てから、その機会が訪れる。

ウチの相棒は毎晩飲む。それゆえ私も一しょにいるときは、毎晩飲まなければならない。

もちろん酒量は何十分の一であるが、同じ時間つきあっていると、酒の味がすこしずつ分るような気がした。

日本酒はおなかのすいたときに飲むものらしい。酒の肴のたのしみが大きいからだ。洋酒はおなかがすいていては飲めない。酒の肴は冬の方がバラエティに富んでいるような気がする。関西に住む身のしあわせ、松葉ガニ、ふぐ、鶏なべ、すずめ、おでん。安くておいしいものがいっぱいある。

夏でも私は酒を温めて飲む。本当は私は冷たい酒が好きなのだが冷たいとおいしすぎて量を増してしまう。

夏は野菜がおいしい。青紫蘇《しそ》を刻んだもの、もろきゅう、ししとうがらしを焼いたもの、焼きなすび、にらをすって入れたにら味噌の田楽……そんな、あっさりしたもので飲む。

鯛が安くておいしいのも神戸以西のありがたさ、それに関西でオバケとよぶ雪白のさらしくじら、しめさば、いろんな魚のあらい、小あじの二杯酢……かつおのたたき、何より、鮎、などと考えると、酒の肴のたのしみはあながち冬ばかりでもなさそうだ。

いろいろ作って並べて、あれを少し、これを少し、ひらひらと箸をさまよわせながら飲むのはたのしい。そんなぐあいなので、相棒と飲んでいると二時間ぐらいかかる。

家でする料理の種が尽きると相棒と飲みに出るが、彼が連れていくのはおでん屋か焼鳥屋に決っている。家は神戸の新開地にちかい街にあるから、福原旧遊廓の近くで、飲み屋が軒を並べていて、おいしくて安いところが多い。

そういう店をさがして飲むたのしみは、やはり日本酒独特のもので、それをおぼえると、女の人のいるバーはあほらしくていけなくなる。私は飲み意地、食い意地が張っているせいであろうか。ただ、遊ぶときには女の人のいるバーがたのしいかもしれない。

私の相棒は神戸の山手にもボロ家を持ったが、彼は頑としてそこでは飲まないという。そして私も、港の灯のみえる山上の、朽ちはてた異人館で飲むとすれば、洋酒かビールの方が似つかわしい。ムードで飲むとすれば洋酒で、実質的に飲むならば日本酒であろうか。

それにしても酒の味というもの、私は知ったかぶりで言っているが、とてもとてもほんとうの味など知りつくせないのではないかという気がする。相棒の飲みっぷりをみても分る。一盃三拝、しみじみとふくむようでクスリのようににがそうなと思うと、あるときは渇ける人のごとくさも快よさそうにコップ半分ぐらいを一いきにあけている。

私はいつぞやいった焼き鳥屋で、人品いやしからざる中年の女性が焼鳥の串を横ざまに咥《くわ》え、静かにコップ酒を傾むけているのを見て、いかにも酒を好きそうな様子に羨ましい思いがした。彼女は話しかけもせず話しかけられたそうな様子もみせず、黙々と飲んでいる。

日本酒は、ああやって独りで飲むものかもしれない。一ぱい飲みやをのぞいても、男が一人来て旨そうに飲み、一人で去ってゆく。そして淋しげでもなければ物足らなさそうでもない。きわめて満足した表情で店を出てゆく。女を相手にしゃべるのも、酒がめあてらしい。そういう酒と人生のめぐりあいは女には少ない。たいがい友達とワサワサして飲んでいる。酒は雰囲気で飲むという人も多い。一人のときは、コロッケかなんかでそそくさと食事しているにちがいない。

じつは私が、そうなのである。

しかし、この先はわからない。もっと年齢を加えるまで生きているとしたら、私は一人で焼き鳥屋に入り、黙々と飲んでいるのではないだろうか。

もはや相棒もなく、一人きりで生きて、とりつくしまのないような顔をして飲み、飽きはてたさまで、それでいてほんとうにおいしくてたまらぬように盃をあける、あの女性みたいな風情になるのかもしれない。

さびしいような、好ましいような、まち遠しいような気持ちである。

だが、それも秋、冬こそ似つかわしい酒であろう。夏の酒は仲間が欲しいような気もする。それから、朝酒の味も夏なればこそである。

ちょっとぬすむように盃でふくむ酒も、涼しい夏の朝などおいしい。以前、旅先で泊ったお寺で朝酒を出され、住職さんに「わらじ酒」というのだと教えてもらった。或いは「霜消し」ともいうのだそうだ。どちらもいいことばである。もっとも私は家では朝酒はのめない。これでも主婦のハシクレだ。その代り夜はのむ。下町の一隅で扇風機をかけて、貧乏を質に置いても酒は飲みたい心意気だ。

（『酒』一九六八年七月一日）

女同士の酒

某月某日

大阪のテレビ局で佐藤愛子さんにあい、そのまま神戸三宮の「いろりや」で飲み、食べる。愛子さんはビール、私は日本酒、愛子さんはこの日着物でいかにも山の手の良家の夫人ふう、楚々と美しく、一緒についてきた私の亭主、やたらと元気よくハッスルしてはしゃいでいるのがわかる。「オタク、小学校の読本はサイタサイタですか、ハナハトですか」「ハナハトです」「わア一緒ですわ。愛子さんて写真より美人ですな」「いいえ、元美人という所ですよ」「元がつこうと前がつこうと、美人は美人ですよ。元オンナ、いうのも居るんやから」と亭主、私をかえり見、それは元オンナでも元人間でもかまいませんが、女二人さしつさされつ、しっくり飲みたいのに、だから男って足手まといだというのよ。男と子供は家に置いてくるべきだった。しかし愛子さんはこの日、あんまり飲まず。ちょっとのビールで頬を染めていた。二本ぐらいかな。私はお銚子三本。

某月某日

杉本苑子《そのこ》さんが神戸へ来たので六甲山のオリエンタルホテルでジンギスカン鍋をつつきながら飲む。苑子さんは食べるばかりでアルコールは全然、だめである。しかし酒を飲んでる人間よりもよくしゃべる。しゃべり出すととまらない。話題が豊富で話術がたくみでいきいきしてて、闊達自在で、眼鏡の奥のまるい眼をクリクリさせて可愛らしい声でしゃべりまくる。こっちはビールだけ。何の話だったのかな、酔ってからは忘れてしまったけど、坊さんが妻子をもつのはよくない、という話。

「かめへんやろ、持たしたげたって、ええやないの」と私。「けど、例えば子供が二、三人おぼれたときにさ、やっぱり自分の子供を先に助けるじゃない」「そら、人情です」「人情だけどさ、いやしくも坊さんだもの、それじゃ困るわよ」「キビシーイ」席をかえて水割りを飲む。旅行家の宮崎修二朗さんや徳山静子さんらも加わり、私と顔見合せ、「坊さんや尼さんだけはならないようにしよう」と言い合っていた。

某月某日

鴨居羊子、石浜敏子さん（恒夫氏夫人）に誘われ、三宮の「ギリシャビレッジ」で飲む。ここはギリシャ料理とギリシャの焼酎みたいな「ウヴォ」というお酒あり。

「ええ男に会わしたるわ」と羊子がいうので喜んで待ってたら、民芸の内藤武敏さんや山内明さんが来た。キャッ！　ステキ！　と飛び上った。「いま舞台から飛んで来たところでお腹ペコペコです」とモリモリ食べていた。二人とも昔から私はファンで大好き。私はジンフィズとビール、どのくらい飲んだかはよくわからず。二人はさかんに食べ、そのあいまに店の人に頼まれたサインを消化していた。（新劇の人ってみんな絵が巧い）昔から私はふしぎだったんだけど、どうして私は男の人が飲んでる時より、食べてる時の方に、よりセックスアッピールを感ずるんだろう。そういえば、飲んでる所は見るけど、食べてる所はみんな、あまり見ない。食べるという作業はたいへんプライベートな部分に属する。尤《もっと》も、私の知ってる男の人はみな飲みすけだから、食べものがあっても手を出さず、お酒の方ばかり。野坂昭如さん、後藤明生さん、藤本義一さん、石浜恒夫さん、小野十三郎センセイ、みんなそう。ただ小松左京さんはよく食べる。よく飲み、よく動きまわり、すごいエネルギッシュな酒で、とてもついて廻れない。阿部牧郎さんも飲むばっかりの方かな。尤もこの人は大変な美点がある。いつか酔っぱらって私のウチに泊ったらあくる朝まっ先に何したか。電話にとびついて夫人を呼び出し「ゆ、ゆうべ、タ、田辺さんとこに泊った」とオロオロと弁解していた。

内藤さんも山内さんもよく食べ、よく飲み、「ギリシャへいきたい」とみんなで言い合った。文明開化のバスに乗りそこなった国には、たまらん良さがありまっせ、という結論になり「ウヅォ」をなめて、青い空と白壁の民家、ギリシャの田舎の写真を見ていた。

某月某日

あいも変らぬ顔と飲む。つまり亭主であります。色が黒いので、こっち向いてるのか後向いてるのかさっぱりわからない。いつだか司馬遼太郎さんに「ご亭主はどんな人や」と聞かれて「黒い人です」「腹黒いのか」「いや、顔」といったが、私は酒を飲むこと、酔って歌を唄うことを彼に教わった。西洋の賢人はいっている。「結婚は女たちに男の悪徳の数々を伝染させるが、男の徳は決して伝染させないという特質を持っている」

ビール一本、お酒六合ばかしを二人で飲み、ごきげんになったので、東京の佐藤愛子さんに電話かけてみる。「関西へ来《け》えへん？　来たら飲もうよ」「あしたまでに六十枚書かなきゃいけないのよッ」と愛子ちゃんは悲壮な声をふりしぼっていた。イヒヒ……。こんどはお苑さんにかける。「いま旦那と飲んでるんだけど、こんどいつくる？　神戸へ」「誰がいくもんですか、そんなとこ。こっちは風邪引きでそれどころじゃないわよ！」こんどは陳舜臣さんにかけた。心やさしい陳さんはすぐ走ってきた。尤も三、四キロぐらいしか、家は離れてない。亭主と三人で三宮へ飲みにいく。柳筋の「しゃねる」で、黒部亭さんに会った。ここのママさんは扇千景ソックリ。でも、姉妹じゃないそうだ。ここにはマイクもあって、たいてい歌になる。私はマンガ家の高橋孟《もう》さんと「すみだ川」を唄うことにきまってるのだけれど、今夜は彼はいなくて、「明治一代女」を歌う。

陳さんは「青葉しげれる……」と「一の谷のいくさ破れ……」という、源平合戦にゆかりのある歌を唄った。「神戸っ子やさかい、神戸に関係のある歌をおぼえさせられてん、小学生のとき」ということだった。私は陳さんの歌をはじめて聞いて、衝撃のあまり、高い椅子からころげ落ちそうになった。巧拙は論外、という歌なり。

某月某日

お苑さんからカッカした手紙くる。「おのれよくも独り者のおソノさんを二人で熱気であぶってくれたな。あの晩から四十度の熱や。死んだらあんたら夫婦の責任やでェ」その手紙を肴に飲んでやった。いいかげん廻ったところへ、野坂昭如さんから電話。「いま神戸へ来てるねん、来ませんか」「誰と?」「エー、泉大八、小中陽太郎……」「ワー、そんな面面、強姦されそうやからやめとく」「そんな心配あれへんあれへん」と野坂さんはいかにも心外そうにいう。「いやあるある」ガラ悪そうやとは言わず切ったが、考えてみると、相手が私ではそれは、「そんな心配あれへん」やろうとひとりでおかしかった。

(『小説現代』一九七〇年八月)

四段階

にぎやかな酒というのはあるけれど、ウチのオッサンのはやかましい酒である。いろいろ段階があって、はじめはいかにも美味しそうにゆったりと舌と咽喉《のど》で味わうお酒。このへんですめば風雅な飲みかたである。

次に、だんだんピッチをあげて、徳利からコップへうつしてしまう、コップ酒になる。盃ではまどろかしい。ぐい呑みは酒の色が見えないから不可。酒屋が夏のサービスにくれる「サントリー」などと書いてある安コップにかぎる。そこへ熱燗の酒をドクドク入れてはる。ビール、洋酒は不可。いまの所「金盃」という灘の酒の一級である。尤も酒銘は問わず。

この段階ではたいへんなおしゃべりになる。

上きげん。バラ色の人生、怖いものなし、望月の欠けたることもなく、世は善人と美女ばかりにみえるらしい。大はしゃぎ。まあ、そこまではよし。そのあとだ。

歌を歌わずにはいられない。

この人、南方海上諸島は奄美の産。歌のうまいのは先祖伝来、天賦の才である（と、自称する）。

大島の民謡にはじまって、ひととおり、フルコースの軍歌をおさらいしたあと、おきまりのナツメロになる。

「新妻鏡」や「人生の並木道」「蘇州夜曲」と忙しい。

しばらくしてまた酒を飲んで、必らず、こんどは国民歌謡になる。

まあそれもよし、そのあとだ。

このへんで、いっぺんトイレにいく。もうすんだかと思って片付けたりしたらたいへん。かえってきて、戸のところで首だけ入れて、

「おどり見たい人」

という。ここで見たくない、なんて正直にいっちゃ、またたいへんだ。うるさい。だからよそ見しながらでも欠伸しながらでも、

「見たいよ」

ッていっとく。

「よろしい」

オッサンははいってきて、箸を逆手にもって杖につき（といっても座頭市ではない）片方の手はうしろへ廻して腰をかがめ、

「上野駅から　九段まで
勝手知らない　じれったさ……」

と「九段の母」になる。

それが思い出せないときは、幼稚園のうたになる。手をあげて立ったりしゃがんだり、

「ぎんぎん　ぎらぎら　夕日が沈む……」

というアレである。

これはおどりがすむと、自分で、

「礼」

といって、おじぎしてはる。

ここまでくるのは、ふた月に一ぺんぐらいであるが、多いときは十日に一ぺんあることもある。しかし段階がキッチリしているのはかわらないからふしぎ。

尤も、たいがい平均しているのが二段階のおしゃべりの所までである。第一段階の風雅には、よっぽど縁がないというべきであろう。

ただ、おカズによっては、第一から第二へうつりかけの所ぐらいですむから、私としてはいちばん、やりやすいのである。

第四段階のおどりまでプログラム通り進行してると、二時間半ぐらいかかっちゃう。始まりは八時からだからあと、仕事にならない。

冬場は鍋ものですむが、これがふしぎと高価なものを使ったときは、ああだこうだと文句ばかりいっている。あんがい文句の出ないのは、安もののときである。

私はこのあいだ、やっと安くて文句が出ないほどおいしい鍋を発明した。

魚屋で一盛り三十円くらいのアラを買ってくる。二人だと二盛りほど。はまちやぶりのアラで、頭なんかの入ってるのがよい。目玉のしっかりしている新鮮なのに限る。それから大根を乱暴にそぐ。かなり大きくそいでアラと一しょに鍋でたくのだ。アク、アブクはすくい取る。白みそと赤みそで味つけをして、煮ながら食べる。頭や皮や目玉のおいしさは格別である（と彼はいった）。安上りな男だ。

この人、酒をぬいたらナキガラになる。

体ぐあいを悪くして酒なし日が数日つづくと、まるで生気なく影うすく、世をのろい人を怨み、グチっぽく陰気くさく、「うるさいなァ、体こわしてもいいから早くお飲みよ」と言わずにいられない。

「飲むで。かめへんか、死んでも」

「いいよッ」

といわなきゃ、仕方ない。

「たはッ」

なんて、酒の色をみて感じ入ってる。酒飲まずに長生きしたって、どうっちゅうことないのん、ちがう？　なんていうことになって私も飲んでるんだから、悪妻だよね、やはり。

（『酒』一九七一年四月一日）

しょげ酒のオトコはん

私は、お酒を飲めば陽気になり、はしゃがなくてはウソだと思うものだ。わが家は毎晩、八時すぎたら宴会だ。（八時までウチのオッサンは診察してる）

だいたい、ウチは二人とも職業の喰い合わせがわるい。医者とモノカキなんて、わがまと尊大の最たるもの、双方、仕事がすめば仏頂面もいいとこ、酒でも飲まなきゃ、身が保たぬ。そうしてお酒が入ったら浮かれなきゃソンである。

で、私は早く浮かれようと思って六時になると仕事をしまって食事の支度にかかり、子供の分は先に食べさせて、おとなの用意をする。オッサンは定刻にやって来て、

「今晩は」

なんていう。私は、

「いらっしゃい！　毎晩ご精勤に来てくれはりますね」

といってやる。

「家へ帰ろ、おもてもつい足がここへいくねん。しかしオバハンとこ、も一人若いべっぴ

ん入れたらどやねん。いつ来てもオバハンだけやないか。しまいに客、よりつかんようになるで」

こういうことでも言っていないと、間もてない。毎晩おなじ顔ぶれだからね。

しかしまあ、飲んでるうちにだんだん浮かれて、ほんとにきげんよくなる。はじめはやけくそできげんよく言ってお愛想してるのがだんだん、ほんとの上きげんになってくる。


しかし、世の中には絶対に、はじめから終りまで飲んでも浮かれない人種がある。

しょげ酒、というのかなあ。

知り合いのお医者さん、オッサンのクラスメートであるが、近郊で盛大な医院をもって家運隆々という人、ときどき、ふらっとあらわれる。

私はお客さん大歓迎なので、大よろこびであげると、センセイはウム……などといいつつ、眠狂四郎のようなニヒルな顔付きでずいと席に坐る。

「どないや、元気かいな」

と亭主がいうと、

「いやもう、腰がもひとつ、具合ようないなァ。ソレ、あの椎間板ヘルニア、なあ。……ウチの奴も具合わるうてな……おまけに息子がこのあいだ……」

と陰々滅々の話。

ところがご本人はとみると血色ツヤツヤと輝かしく、殺しても死なぬような頑丈な体つき、お酒はいかにも快よさそうに口へ入ってゆく、しかしご本人が「具合ようない」といわれるのだから、まちがいのあろうはずもないが、

「ほんまにもう、あれこれ、イヤになることばっかりで……もうアカンわ、四十代て、ええこと聞かへん年代やねんな、耳に入るのん悪いニュースばっかりやし、どこへもいうていくとこないし、な。……精神的と肉体的と両方やさかいな。お手上げやで。医者が病院がよいしとんねん、さっぱりワヤや」

「そない悪いのんか、そいで、この間電話したらるすやってんな」

と亭主。センセはこともなく、

「いや、あのときはホンコンへいっとった」

「ホンコン！　お前、そんなとこへいったんか、何しに、や」

「そら観光にきまってるがな。医師会のな」

「ヘエ！　ワシャまだ海外知らんがな」

「オレ、ホンコン二へんめや。昨日、台湾から帰ったとこや」

「台湾！　まァ、そない出あるけるぐらい、体の調子よかったらええやないか」

「いやァ、ええことないけど、来年、ハワイや」

亭主しばし声なく、そこで私が、

「でも、センセのおうちのあたり、よくひらけましたわねえ」

といったら、

「ひらけても買う人、あらしまへんがな。駅から遠いさかい、通勤用にならへん」

とニべもない返事。

「しかし、ええときに家たてたやないか、今やったら、たこうつくで」

と亭主、どうかして友の気を引立てようとする。


このセンセは鉄筋コンクリートの医院をもち、ウチみたいな吹けば飛ぶ木造の小さい町医者とちがう。しかしセンセは頑強に否定し、

「何し、むかしのもんは、暖冷房完備してないしな、もう一年一年、建築もすすんどるよって、二年たつと古うなってあかんなあ……ほんまに、しゃアないわ」

「しかし、敷地広いねんやろ、それだけでもマシやで」

亭主は性こりもなく、必死になぐさめる。

「いゝや、何もひろいことあらへん。二百坪や」

——こういう人が、いるのである。

そうしてこっちが必死に慰め、とりなせばとりなすほど、先方はやっきになって打ち消して、悪材料をならべ、苦衷を披瀝し、逆境をうったえ、顔色ツヤヤかに、心地よさそうに泣きごとをいうのである。

私はもう、きいていておかしくておかしくて、それで以て、センセがしばらく来ないとさびしくて仕方ないのである。今度はいかなる心労のタネをもちこんでくるのか楽しみで、

「どないしてはるのかな、まだ心配ごとが足らんのかな」

といいながら待ってるのである。

（『酒』一九七二年一月一日）

三十一文字《みそひともじ》酒

酔うに任せて放歌高吟、あるいは微吟低唱する人があるが、私はそれはまだ罪があさいと思うものだ。

歌を歌う、ということは、よっぽど音痴ならどうしようもないが、ともかく一しょについて歌わせたり、皆の気分を浮き立たせたり、満座の気持ちを一つにまとめる効果があるように思う。それに、歌というものは何はともあれ、終りがある。

「貴様とオレとは同期の桜……」とはじまったとて、アアまたかと思うものの、やがていつかは「美事散りましょ、国のため……」と、終りになる。中にヒドい男は「水師営の会見」だの「戦友」だのをひとり長々とあくことなく歌いつづける奴もいるが、それにしても諸行無常のタトエ通り、いつかはおしまいが来て、夜あけ近くやっと、「砲音《つつおと》絶えし砲台にひらめき立てり日の御旗」とか、白々あけのころにやっと「読まるる心思いやり、思わず落とすひとしずく」までたどりつくであろう。

ところが終らんとして中々終らず、満座をなやませるのに短歌の朗詠がある。中年の文

化人などに多い。無智な若者は、

「あれ、○○サン浪花ぶしやるの」とかいったりして、中に知ったかぶりの若者、

「バカ、あれは短歌の詩吟やないか」と教えたりしているが、酒席での短歌の詩吟は困ることが多い。

間がもてないのである。

一緒について歌えない。しぜんとみんな、傾聴の感じになる。

たいがい、酒席では啄木が出たりする。

「かにィかくにィ……渋民ィ村はァこいしィかりィ……イイイ……イイイ」

と長いこと天からふんどし、いつまでもとぎれるメドもなく、みんな忘れたころに、

「おもイィイでのォ、やまァ……」

と、出てくる。その間、一座シーンと水を打った如く、といって小節《こぶし》のめりはりに敬意

を表してるのでもないのであるが、うつむいてしばし箸を使い、酒を飲み、恩人の葬式に

列したる如く、盃のやりとりも声を低め、しめっぽいところへ突如、大喝一声、

「おもイィイでの、かわァ……」

と頭ごなしにどなられる。ビックリする。一首ですまない。二首、三首とやる。朗詠し

ているご本人はしごくいい心持ちなのである。なかなか、やめられない。酔うとことごと

に三十一文字になる。しまいに明日の天気まで朗詠する。

「明日《みょうにち》はァ北東のォ風ェ……うすぐもりィ……イイイ　イイイ……天気ィしだいにィ……よくなるゥ見込みィ……」

彼は酒を飲むと、わがこし方をはるかふり返るクセがあり、時にはまあ、グチも出ようというもの。

「まあ、そやけど、大体、ええ線いっとんのとちがいますか」

と私が慰めると、

「そやな、そうそう」

とみずからうちうなずき、突如、また朗詠になってわが感懐を天にもひびけとうたいあげる。

「この道はァ……われのォゆくみちィ……どこまでもォ……オオオ　オオオ……ながァくゥつづけりィ……ひとすじィのォみちィ……」

次にさらに一オクターブ張りあげ、

「この道はァ……」

とくり返すのである。朗詠するときは二度いうのが正式であるが、そして彼の声はじつに朗詠調のほれぼれするよい声であるが、あまりによい声でありすぎるのが座の破綻をきたして困るのである。

朗詠している本人が夢中といったってあんがいこれで耳がさといのだからおかしく、もし彼の朗詠中、座の隅でコチョコチョと耳打でもしていようものなら、それを封ずるが如く、さらに大声を張りあげ、「このォみちはァ」とやる。だからうっかり、私語できない。ひたすら面を伏せ、朗詠の嵐が頭上を通過するのをまっているだけ、

「○○さんも、あれがなければ、いい酒だけどねぇ」

と人々にいわれ、

「えっ、そない、僕、度々うとうてますか、ほんまかいな」

と本人はいい、しんからビックリした風情。

「へえ、そう。僕、そら一年に一ぺんくらいはうたうけど、そない再々とは思わなんだ、しかしまあ、たまにはうたの朗詠もええもんでしょ、流行歌もええけど、うたは心がじーんとなるもんでねぇ」

じーんとなるのは本人だけであるらしいが、なぜかというと、あんまり長くひっぱってどこからどこがとぎれめやら、つづきめやら、聞いてる方はわからなくなってしまうのである。

それからだいたい、短歌の本質として、ユカイでにぎやかで手拍子うって唱和できるというのがない、そこも時により不都合、「石をォもてえェ　追わるる如くゥふるさとをォ」ア、ヨイショ、ドッコイ、ドッコイ、というわけにまいらぬのである。

短歌論を展開してもはじまらぬが、所詮、三十一文字酒は独飲独吟が本質であるらしく、

大一座のときは処置にこまる酒である。

（『酒』一九七二年二月一日）

歌い魔の酒

近頃、物書きの人で、神戸あたりへ移住する噂をよく聞くが、注意が肝要である。私の場合、大阪から神戸へ移っただけであるのに、てんで、もう、これがよくなかった。なぜなら、神戸では仕事する気にならない。

どだい神戸というまちはフラチ千万な町で人間から勤労意欲を奪うようにできている。孜々《しし》としていそしむ、という殊勝な心がけを、いつのまにか、マアマアとなだめ、適当にしようやおまへんかと、否応なしにナマケモノの遊び好きにしてしまう。

尤も、陳舜臣大人のごとく、神戸生まれの神戸っ子は免疫性ができてるから、そんな中でちゃんと芯を持っていられるが、ヨソ者はグニャグニャと骨抜きにされてしまう。ことに東えびすの国からくると、最初はイライラするが、やがて神戸のペースにまきこまれ、その毒に完全に侵されてしまう。怠惰はあらゆる情熱の覇者である、と古人もいっているが、まアええやんか、という気になってしまう。そういう町で酒を飲むとどういう風になるか、おのずからわかるであろう。

飲める人も飲まぬ人も、雰囲気に酩酊させられてしまう。そうして、みんな歌を歌う、というより吠えたけるのである。

神戸の飲みすけはオール歌手である。だいたい神戸市長からして、パーティで酔っぱらうと「赤とんぼ」や「からたちの花」を堂々たるテノールで歌う、いや、歌わせないときかない。

市長はしばらく措くとして、酒が入るとゼッタイに歌わせないと怒るヤツ、これはもうじつに多い。そしてそういうヤツはみな、なるほど、いい声をして、いい節廻し、レコード会社は何しとんねん、と思うほどなのだ。

それを自分でも知っているものだから酒が廻って座が浮き立つともうたいへんだ。そうして、人がこっちを指して「おねがいします」というのを今やおそしと待っている。

オレを措《お》いて歌える奴があるか、と思っているから本人は悠然として酒をあふり、ことさら人にかくれるようにして、あんまり面白くもなさそうな顔でまわりを見廻し、オッチョコチョイがへたくそな歌を歌うのへ、

「ワリカシいけるやんか」

などと、おうように拍手をする。

「どうですか、まだ××は出まへんか」

などとオハコの歌をリクエストされても、まだこんな前座で歌えるかいな、という思い

入れで、

「いや、今夜は風邪ひいて調子わるい」

などといいつつ酒をすすり、歌ひとつにも汐どきというものがあると勿体ぶっている。

そして人と談笑しているが、いつ、どうやって拍手に迎えられて効果的に歌うかということばかり考えているものだから、話をしても身が入らなくてうわのそら。

どうかしてみんなを聞き惚れさせてヤンヤの大喝采を博したいと思っているので、酒もおちついて飲まれない。あたりに気をくばり心を労し、そのくせ、座のもようが何となく流れて歌が出なくなって、オハコをもち出すキッカケが失われると、ガックリと来て、いたく不機嫌、ムッとして欲求不満のへの字の唇でふくれている。

そうして、さいわいうまくコトが運んで歌の出る雰囲気になるとする、ワッという声で拍手されて、みんなこっちを見る。しぶしぶとマイクなんかもたされて咳払いし、歌い出すが、素人の悲しさでいつも同じ調子で歌が出るとはかぎらない。

時に、いやに高くなって、高音部がつづかず、やりなおし。

時に低くなりすぎて、調子が狂う。いつもはもっとうまいのにと思うと、よけい歌えなくなる。非常にやりにくい。

こういうのを防ぐには、酒を飲むにかぎるのであって、歌自慢の男は、はやく歌える状態になろうと酒を飲む。

酒を飲むから歌いたくなるのでなくて歌うために酔おうと心づもりするのであるから邪道というべきだね。

たまたま、いい心持に酔いを発し、気分は上々、声帯もなめらか、状態も打ってつけの雰囲気にもりあがって、

「ヤー、ここらでひとつ、御大《おんたい》、どうですか、あれ聞かしてもらわんことには、飲んだ気ィせえへん」

などとおだてられ、心いそいそ歌いはじめる。声はわれながら張りとツヤがあって、いくらでも出てくる。

何でこない、ええ声がでるのかしらん、と歌っているが、又もや素人のかなしさ、こんどは歌詞をわすれてしまう。酔わなきゃ声が出ず、酔えば歌詞を忘れてしまう、どうすりゃいいのだ。

――彼は途中で何やったかいな、と頭を叩き、ソレ、ソレは三ばんやがな、二ばんは……と、コーッと。などとやっているから興がそがれ、だんだん手拍子もまばらとなる。

こういう手合いでもやっぱりまた、次の機会には、歌わせてやらなくてはうるさいのである。

緊張をほぐす程度に飲ませ、歌詞を忘れぬ程度に酔わせ、早すぎずおそすぎぬ頃おいに、真打ちの時間を設けて拍手をして歌わせてやらねばならない。本人は快く歌っていればす

むが、陰でアレコレ気を配っている人間は、けっこう疲れるのである。

（『酒』一九七二年三月一日）

直言酒《ざけ》

酒というものは、つまり酩酊ということは、夢まぼろしの世界をつくることである。現実の人生をいやが上にもたのしくする、あるいは楽しからざる現実をもたのしく変えることである。

酒を飲んだら悲しくなるようなことはつらい。

また、つらい現実を思い出すことは悲しい。そういうひとは、酒は飲むべきではない。酒は憂いを払う玉箒《たまばはき》で、憂いをほじくり出す爪揚子ではない。

酒を飲んだら、おしゃべりになり、陽気になり、歌をうたいたくなり、自慢したくなり、また人に対しても寛容になって、おべんちゃらがいいたくなり、ほめたくなり、世の中は善人と美男美女、天才秀才にみちみちていると思うようになるべきなのだ。また自分のことも、善人で美女で天才で金持ちであると思うようになるべきなのだ。そして私は毎晩飲むから（締切前を含まず）、毎晩、才媛だと思える、極楽人間であるのだ。

ところが、酔うと正反対になる男がいる。酔ったときにホントウのことをいう。

これはいやだよ。

こんな奴に酒場で会ったら百年め、泣きながら逃げ出したくなってしまう。見つかるとたいへんだ。

「まあ、こっちへおいで」

などと最初はごく調子がよくて当りがやわらか、いい気になって飲んでると、そろりそろりと出てくる。

「いそがしいかね」

「まあまあ、です」

「書いてるのかね」

「ぼつぼつです」

「いそがしがってるわりに評判はよくないね」

などとやられる。それは本当である。

「年ばっかりいって、あんまり上達せんようだなあ」

これもリアルすぎる。

「文学がわからないんじゃないか」

これはもういちど、シラフのときに考えてみなくては、こう酔ってちゃ、わからないのかわかるのか、自分でもわからないですよ。

「だいたい、飲みすぎるのがよくない」

そうだ、それはそう。

「ついてる奴も、よくない。あんな男とは手を切るべきだ」

亭主のほうもそう思ってるだろうからこれも真実。

「連れ飲みしてるうちに、ホンモノの飲みスケになっちまった。お前さんは意志が弱いナマケモノだから、酒なんか飲ませるべきではなかったのだ」

私のあたまはだんだん、垂れてくる。

「酒を飲むやつに、まともな仕事をしたやつはない」

私は小さくなり、どうかしてテーブルの下へはいれないものかと思う。

「金をためるやつも、酒は飲まない」

いそいであれこれと、私は金をもっていそうな友人の顔を思い浮べてみる。ほんとに、みんな、そういう奴は酒を飲まないか、飲んでもビールをコップに一、二はい、という手合いばかりである。うちひしがれて私は横を向く。

「そうやって、横顔を向けない方がよい。鼻のありかがわからない」

私はいそいで前を向く。

「ふん、鼻があるのはわかった、とにかく内へひっこんでは居らんようだ。それにしても低い鼻だね」

私は日頃、そういうことを忘れよう忘れよう、としているのだ。

「京唄子という漫才師に似てるね」

私はちょっと元気になる。唄子さんはたいそう美人である。

「いや、その口の大きいところが、だ」

私はそれでも、怒らない。あんまりホントウのことばかりいうから、イカルよりも悲しくなる。だから、こういう男と酒を飲みたくないと、顔を見たらこっそり、逃げるだけである。

そうして彼はといえば、彼のほうが、イカルのである。私がイカらないことでイカるのである。

「待て。これから本番なのだ」

などという。これ以上、相手になっていたら、イビリころされてしまう。

ホントのことには、あまりいいことはないようである。いいことはみんな、ニセの中に、夢まぼろしの中にあるのである。

人間、中年になってそれくらいのことがわからんか。

たがいにウソをつきあい、おべんちゃらをいいあう、そのウソがマイナスのまことになる、そのあやういたのしさとうれしさが、酒の功徳である。酔いの醍醐味である。

要するに、酒は未成年が飲んじゃいけないことになってるが、物理的な成年だけでなく、心理的、精神的な成年でなければ飲めないのである。酒を飲んで直言・苦言を呈するやつは、シラフではおべんちゃらをいう、それはそれで一つの風格ではあるが、私個人にかぎっていえば、そんな奴がいると、そろーっと逃げ出す。だからオマエの小説は下手なのだといわれたって知るもんか。

（『酒』一九七二年四月一日）

色けのある酒

色けのない男と飲むのは、兼好法師ではないが「玉の盃の底なきが如く」、まことに一抹の興趣を欠くうらみがある。

色けといったって、別にしなだれかかって触ったり（マサカ私に向ってそうする男性があろうとは思えませんけどね）むきつけにくどいたり（右に同じ）するのでなくて、なんとなく、たのしさみたいなものが、フンワカとしてることをいうのだ。

色けがなくったって、たのしいことはあるでしょうといわれれば、むつかしい。正直のところ、色けというのは定義しにくいから困るのだ。

それから、話が猥談になったり性的な方面ばかりに打ち興じるから、色けがでるというものでもない。いよいよ困る。

では、色ごとの前に飲むから色けが出るのだろうといわれれば、それもちがうみたい。酒を飲んだ男と片っぱしから色ごとにいそしんでいたら、体が保たない。色事の前に飲む酒は、これはもう閨房《けいぼう》の秘めごとの一部で酒を飲むこと自体からすれば邪道である。別にすべきである。

　酒をたのしむというときの酒とはきっぱり、けじめをつけねばならない。酒飲みからいうと、そっちの方はぬきで、マトモな酒は、話と酒にのみ打ちこむべきであろう。

　また、若いから色けがあるとはかぎらない。中年、老年でも色けのある男もいるし、若くても色けの感じられぬ野暮天がいる。金持ち、素寒貧《すかんぴん》も関係ない。

　金満家でも色けのない男は魅力なく、素寒貧でも、じっくりした色けのある男がいる。けれども、これが色けだ、ととり出してみせることができないから、非常に申し訳ない。

　ところで、色けのある男と飲むとなぜ楽しいかというと、前申すごとく、べつに色けが発散してあやしい気分になるからではないのである。男と手を握りあったとてこの年で何の物珍しさがあろう。

　色けのある男は、話が面白いのである。話が弾むから、酒もすすむのである。酒飲みとすれば、最もいい酒の肴は話である。

　色けがある男が話すと、中国革命の話でも日本の前途でもアメリカ経済の話でも、色けがある。

　私が思うに、男の色けというのは、心のゆとりみたいなものではないかと思うのである。ゆとりがあると好奇心が生まれる。

　好奇心は想像力を養う。

想像力はいちばん異性に対してはたらくから、そばにいるだけで、そのエネルギーが感じられる。それが色けではないかと思ったりする。

色けが感じられると話に身が入って聞くから、ドルショックでも世界の趨勢でもたのしく聞ける。

おたがいに好奇心をもち、想像力がはたらき出すと、目に見えない気持の交流ができて、レーダーにひっかかる。活力というかエーテルみたいなものがたちこめて、それによって刺戟される、心の張りみたいなものがある、そういう人間の活気を色けと呼ぶような気もする。

ただそれが、同性同士の場合よりも異性のときに強くひびく、すこしは異性を意識させる活気であると思われる。

これが色けのない男だとどうか。色けのない男は何をいっても面白くなく、冴えない冗談をいって独りで笑い、かといって決して悪い男ではないのだが、ひとりでたのしんでいるから困る。

「やあ、じつに愉快だ、愉快じゃないスか」

とひとりではしゃぎ、

「意外とおとなしいではないスか、もっと飲むと思うたのに。遠慮せんと飲みなさい、今日は僕が持つというたではないスか」いわでものことだね。

これがもし、色けのある男だと、同じことをいってもニュアンスがちがう。

「今日は愉快ですなあ、しかし案外、おとなしいですな、もっと飲めるのとちがいますか。なあに、送ったげるから大丈夫ですよ、介抱させてもらいます」

と、口先だけでもツヤのある言葉になる。やっぱり女としては、こっちの方がフンワカとくるではないか。

片や、色けなしの男は、大声一番、自分の好みの唄など唄って夢中。片や、色けのあるほうは、小耳にはさんで、

「あの唄がはやったのは××年頃かな？　そのころ、あんたは何してました？　僕はねえ、ちょっと惚れてた子がいて、それが……」

とうまくキッカケをつかんだりする。

これを考えてみるに、どうも色けのあるなしというのは、双方の好奇心のあるなしで、お互いがヤジロベエの両端のように好奇心で平衡をたもち、引きあわなければいけない。

お互いに手さぐりでソロソロと、人間の中身をさぐりあい、好奇心をもち、それに触発されて、向うも好奇心をもつ、そのムードが色けであるかもしれない。ひとりで気焔をあげたり、さわいだりしている所に色けはうまれない。色けは二人で支えあうところに出る。してみると、男と女が酒を飲むとき、色けをもつのは、お互いの礼儀ではないかと思える。


（『酒』一九七二年五月一日）

ジュース酒

酒がきらいという、不幸な星の下に生まれた人がある。

あんがいこの世に多くて、じつに何とも同情に堪えないのであるが、体質によるものは神さまの摂理であるから、如何《いかん》ともなしがたい。

一滴飲んでも目をまわし、心臓がどきどき、手足がほてり、玉の緒も絶えんばかりなくるしみを味わう人は、これはもう何も申さない、ただただ、ご無事ご自愛を心より祈るほかない。

こういう人の中にも、しかし酒席の雰囲気はきらいではない、という人がある。そういう人は、にこにことジュースを飲んでつきあう。これはよろしき眺め。バーへついてきて、

「ラムネあるかね?」

なんていってる奴がいるよ。年が知れる。

「梅酒やったら水に薄めて飲んだこと、あるねんけど……ここ、梅酒はないかしら」

などと残念そうにいう男もあり、まあたいがいのバーには、梅酒はおいとらんようです

なあ。

せいぜい、コーラかジュースをもらって、チビチビなめつつ、酒客のやりとりに耳うち傾むけ、時に欠伸などごまかし（バーは空気が悪い）、時計など見、いそぐなら早く帰ればよいものを、しかし尻をあげようともせぬ。

酔ってないから、時折トイレへかよう足どりもたしか。酔客にぶつかられて、ろれつの廻らない相手に、握手など求められ、しょうことなしに笑って握手してる。

酒っ気が全然ないから、酔っぱらった一座をじっくり見廻し、ときにハンケチ出して眼鏡なんか拭く。

ホステスさんに、

「いかが」

とジュースの瓶をもちあげられ、トクトクとコップに何本めかのジュースをついでもらう。舌はジュースぼけしてるであろう。

すでに酔っぱらい達は、美しいホステスさんを両脇に抱え、コチョコチョとくすぐったり、エッチな会話を適当に交してメートルをあげてるのに、ミスター・ジュースは、どだい酔ってないから、同調するわけにもまいらん。シラフでホステスさんの太腿をさわったりするのも、なんだかいやらしい感じ、しかたなく、ミスター・ジュースは、たいがい、おしなべて手相見に長《た》けてる。シラフで女の子の手をにぎる手はこれしかないのである。

それとも、身の上相談の先生になるかである。

而うして勘定を払うときは、ひとりだけ醒めはてているので、具合がわるい。よって、ことさら手相見に夢中になる。運命鑑定となると目の色かえてさわぐのは、同性ながら、女のあさましさで、女の子はみんな大すきだから、ミスター・ジュースのまわりにむらがり、何となく酒間の雰囲気にまきこまれ、適当に酔ったふりなんかして、ジュース飲みも浮かれた恰好をし、お勘定の時機をはずしてしまうふりをする。

そのうち、いちばん酔っぱらった奴なんかが前後の見さかいもなく、

「今夜のは、オレとこへつけといてんか」

などと叫ぶと、ジュース氏もホッとしたように、にこにこする。自分は安いジュースを飲んで、他人が高い酒飲んだのを払わねばならぬあほらしさは充分、察するにあまりあるが、それほど苦労するなら、バーなんぞへついてこねばよいものを、やはりついてきたがるところに、じつにいいところがあり、私はジュース飲みの男がだいすきである。

どうも始末に困るのは、酒を飲めば飲めないことはないけれども、ことさら飲もうとも、飲みたいとも思わない手合。

これにもいろいろあり、自分はほしくはないが、ヒトさまの飲まれるぶんには口を出さぬという、それはいい。

「ハア、それほどいい気分になるもんですか、うらやましいですなア。もひとつ、僕には

酒の味がわかりませんが、しかし気分一新できるというのはうらやましいな」

と酩酊境を、見はてぬ夢のように想像してる男、じつに素直な人で、これはよい。

しかし何事にも、自分の理解できぬものに対しては、ケチばかりつける男があり、酒のみをにがにがしく見やって、

「ほんまに、何であんなもん飲むのやわかりまへん。金は使う、身はそこなう、仕事はおろそかになる、家はほったらかしになる。ええこと一つもないのに、酒をやめへん、あほとちゃうか」

そういう男は、こまめに子供にみやげを買ってかえり、てんぷらうどんにするところを素うどんにし、女房の買いたい台所道具を、自分で作れると言い張り、日曜になると大工仕事、ペンキぬり、これぞ実用と趣味をかねた一石二鳥と、あう人ごとに自慢し、定期券入れに子供三人の写真を入れ、中元歳暮のおくりものを、タライ廻しにしてすまし、三十代にして、すでに土地を購入、着々と家をたてる準備にかかりつつあるというような奴。

ああ、こういう手合にあったら酒のみはスタコラ逃げるべきだよ。おのが生きざまのいかに下らないかを思い知らされ、いても立ってもいられぬ気になる。

私としては、酒ものめぬバーへのこのこついて来て、ジュース腹になってる男が好きだよ。


（『酒』一九七二年六月一日）

お供酒

数人で飲みにいくと、やっぱりその中で、長幼の序ができる。

そうしていちばん若いのが、

「酒がありませんな、よろし、いうてきます」と腰をあげたり、

「暑いですか？」と窓をあけたりクーラーを弄《いじ》ったり、つまり雑役係をやる、あれはやっぱり見よいものだ。

どうせ若いのに払わせることはないはずだから、じいさんばあさんと飲むときは、若者は腰がるくなくちゃ、いけない。

当節の若い衆は腰が重く、平気でトシヨリに向かって、

「ちょっと、酒ないよ、いうてんか」

といったり、まっ先にべろべろに酔ったりして、何とも不甲斐ない、気の利かない、あたまのよくない、あつかましいのが多い。

保守反動といわばいえ、私はリチギな昔かたぎの男に惚れやすいのだから、仕方がない。

尤も、若手は体力はあっても酒のキャリアがないので、ホドを知らずに飲んでしまう、ということはある。そういうときは、酒に強いトシヨリが雑役係に廻るというのは、これはしかたないけれども、まアだいたい、若手が年輩者に介抱されてるなんぞは、逆縁もいいとこである。

仕事の上の酒の席なんかで、偉いサンと下っぱの若い衆が同席してる、そういうときも、若い衆は若い衆らしく、お供はお供らしく、奴《やっこ》さんは奴さんらしく控えている、そういう男が、私は好き。

そういう若い男をみると、いっぺんに好きになってしまう。

お供だから、ほんとは面白くなく、早く帰りたいもんだと思いながら、それでも責任があるから、帰ることもできない。最初の数杯はおいしい酒も、こう粘られてはもうノドへ通らない。

お得意さんのセンセイも、早く切りあげればいいものを、いつまでもグダグダいって、尻をおちつけてる。したがって、偉いサンも帰れずに、いつまでも相手している。偉いサンが帰れぬものを、どうして下っぱが帰れよう。

しかも、お得意さんは、時折、下っぱに話しかけてからかったりするから、居眠りするわけにもいかぬ。なまあくびをかみころし、時折は、ハハ、ハハ、なんて笑ってみせ、雑用を承わり、そうするとそこへ、またべつのセンセイが、来ないでもいいのにみつけてやって来て、ヤアヤアなんぞといいつつ合流する。

お供としては、いちはやく席をあけて、自分は転げそうな補助椅子に坐って、酒の注文をしたりなんぞしている。

これがまた長い酒なのだ。

みんな上機嫌になってしまって、次は××へいこう！ などと叫ぶ。

ほんとうに困ったことだ。お供はもうこのへんで放免してほしいと思うのであるが、しかし若輩の身で、「もうええかげんに堪忍しとくなはれ」とはいえぬ。

一見イソイソと車など呼び、上役・先輩、お得意さんなどを車にのせ、自分は運転手の横の席に坐り、うしろではワイワイ、ガヤガヤといい機嫌であるが、お供は同調してさわぐわけにはいかんのだ。

運転手に信号を右、そこを左、と指図しだいたい時間が時間とて、運転手はブーとむくれてあんまり親切にしよらん、それを哀願するごとくたのみ、あるいは、

「そうか、そうか、すまん、気の毒やな」

などとごきげんをとり、あやまり、やっとのことで車をころがしてもらう、何とも気骨が折れる上に、会社のチケットの通用しないタクシーだったりして、お供は自分で払う。

マゴマゴしてるうちに連中は先にエレベーターなぞで階上のバーにお上りになり、お供はあわてて階段からあがる。

ウツクシイ姐さんたちが、あらお久しぶりなどと、偉いサンの一行をはなやかに迎えているときも、誰もお供に声などかけてくれぬ。オズオズと端っこに坐って、誰かがトイレにゆくたびに席を立って通したりしている。ときどき酒に口をつけるが、ほんといえば若い身空ゆえ、酒より食いものにありつきたい心境、腹はぺこぺこだが、いう訳にはまいらん。そのうち気まぐれなお得意さんが、

「何か腹の足しになるもんはないか！」

と叫ぶ。これもお供のことを考えての上ではなく、自分が思いついたからである。やれうれしや、とお供は思うが、どだい、バーの中でマトモな食いものがあろうはずがなく、上品な小さい鉢が一つ、ソーセージだか薯《いも》の煮っころばしだか、タケノコだか、ママゴトのようなのが出て来て、美味そうではあるものの、若いお供が一人でむさぼり食うわけにもいかぬ。連中に箸を割って渡す、ウツクシイ姐さんもお供には箸さえ渡してくれぬ。

ウツウツと壁にもたれて居眠りつつ、下眼使いに時計などながめ、そのうちやっとセンセイたちが、「帰るぞオ！」と叫ばれると、ぱっと目をさまして車を呼びにゆく。

そういうお供の若い男の身のとりなしは、（本人は辛いだろうけれども）そばでみてて可愛いものですね。私はそれを肴に酒をのむことがありますねん。

（『酒』一九七二年七月一日）

若者の酒困

酒乱というのは、酔うと人が変ったごとくあばれたり狂ったりすることであろう。しかし酒乱は一種の病気なのでわれひと共に気をつけるであろうが、その一段階ぐらい下の、酒困《しゅこん》というのが、わりあい多い。

じつは私も、酒困ぐらいではないかと恐れ入ってるのであるが、自分のはわからないものの、ヒトのをみてると、やはり白けるものである。

辞典によると酒困は酒に酔っぱらって心が乱れることとある。困はナヤミ、クルシムことであるから、本人も乱れるが、周囲もコマル、その点「酒困」なんて、よくできた言葉であると思う。

而うして私としては、中・老年の酒困というのは、これは哀れげで、見てても痛々しく身につまされ、人目から庇《かば》いたくなる感じ。こっちがシラフだと、たすけおこして、

「ハイハイ、そうですね……そうそう、ほんとにそうよ、ハイハイ」

と合づちを打ちつつ、家へ送りとどけて、タクシー代をだまって払ったげたくなる。

（酒困のふりをしてつけ入ったらあかんよ）

けれどもこれが若い男だと、白けるのだ。

どだい、若い男がぐでんぐでんに酔っぱらうことはないじゃないか。

若いヤツらが酔うことはほかにいくらも、あるだろうじゃないか。

テルアビブへいくなり、三島サンのあとを追って割腹するなり、山岳アジトをつくるなり、女の子とトチ狂うなり、バカおどりするなり、何ぼでも酔っ払えるやないか。

酒なんかに酔っぱらうな。オトナ、中年者、お年よりは、これはそんなことができないから、しかたなく酒飲んでるんだ。オトナのお株をうばうな。

若い男の酒というのは、よきほどに酔って毅然《きぜん》としてて、乱れずトロけず、飲むほどにいよいよ色気が出て可愛らしくなるくらいの、ところで止めといてほしい。もし、とことん泥酔したいと思うなら、自分のへやでカギをかけて独りで泥酔して、血へどを吐くなり、モノを叩きこわすなりしててほしい。その姿を人に（女に）みせないでほしい。

これは、世の大方の男が若い娘の泥酔すがたなど見たくないのと同様なところであろう。やっぱり、夢がこわれるんですよ。われわれ中年女からみて、若い男というものには相応の夢もあこがれも期待も可愛さもあるのに、あさましくぐでんぐでんになられたら、百年の眷恋《けんれん》も一時にさめはてちゃうよ。

中年男や老年男は、これはもう、何をしようと、あわれが先立つ。戦友愛か同志愛みたいなもんで、ヨシヨシ、という気になる。あさましく酔っ払ってても、いまさら夢ももってないから、どうということもないのだ。

しかし若者だと、同じことをしてもいまいましい。

たとえば、若い男が酔って泣き言をいう。この場合は「ハイハイ、そうですね」などと、やさしくあやす気になれない。いい若いもんが何だ！　このフヌケ！　と思う。あと二十年三十年生きてみろ、そんなことの三倍四倍ぐらいの切ない辛い、ハラワタがえぐられるような目にあうんだぞ、わかっとんのかいな、と舌打ちしたくなる。

若い男が酔って同じことばかり、くり返しくり返ししゃべってるのもなさけない。そして同じところで独り笑いしているのもけったくそわるい。恥も外聞もなく、自慢ばなしなんかする。学歴自慢、仕事自慢、閨閥自慢。

物知らずもふだんはご愛嬌だけれど、酒を飲んでる若者のは腹立つばかり、オギノ式をハギノ式といったりして、もう手のつけようのない感じ。「古今集」は「ココンシュウ」で小説はみなダイジェスト版と映画で筋を知ってるだけ。いい年をしてマンガを好み、そのくせ英語をぺらぺら読んでみたり、しゃべってみたりして。私は自慢じゃないけどこう見えても戦中派の生まれだ、英語は敵性語で学校で教えてもらえなかったんだ。私の前で英語やフランス語をひけらかすこともないじゃないの。日本語で勝負しようじゃないか、日本語で。

泣きごというのも自慢話も聞き辛いとなると、「酒は静かに飲むべかりけり」で、だまって飲んでるのが、いちばん見よいながめではあるが、若い男がだまって飲んでいても、却ってぶきみな感じばかりで、おちつきがない。

中・老年の酒はひとりで徳利を傾けていてもサマになるが、そして、おかみさん、ママ、ねえちゃん、ホステスなどをからかっていても恰好がつくが、若い男ひとりで深酔いしてたら、

(金、払えるのかしら？)

(赤軍くずれじゃないの)

(ちょっと、指名手配写真のってる新聞どこやった？)

(似てるんじゃない？)

などと陰で取り沙汰されたりする。

とかく若い男というものは、若い娘と同じく人生の花であるから、汚ならしく泥酔乱酔して酒困にならぬがよい。ワッと飲んでサッと酔う。そしてスッと引き上げる。この豪快丸かじり精神でやってほしい。

(何度も念おすようですが) 若いもんの酔っぱらいを年よりが介抱してるなんぞは逆縁もいいとこである。

(『酒』一九七二年八月一日)

りちぎ酒

何によらず、りちぎな人はいるものである。「りちぎ者の子だくさん」などという。りちぎ、というのは義理がたいこと、実直、などいう意味に使われている。

つまり、「ネバナラヌ」という義務感に支えられて、そのことばかり考えてることである。

だから「りちぎ者の子だくさん」というのもつまり、責任感旺盛、というか、ノルマ完遂主義というか、人間としてまことにりっぱなことで、オール男性挙げて範とすべき人物のことである。

ただし、「子だくさん」はおとこ女ともに、この高物価の折柄、しんどい。「子だくさん」ヌキにして「りちぎ」になってほしいものである。

酒の上でも、りちぎ者があるが、これは、見ていても気の毒な位だ。

盃へつがれる、つがれたらりちぎ者は飲まねばならぬと思う。招待されたりすると大変。はじめは好きで美味い酒も、しだいに苦痛になってくる。

「もう結構です」

という、しかしまあまあ、といってつがれる。つがれたら、りちぎ者は置いとく、ということができない。そのまま波々とついで置いとけばいいのに、盃に入ってる酒は、かならず飲まねばならぬ、という義務感に責められる。

泣く泣く飲む。そこへ銚子をもってこられる。あッ、もうだめ、と手で盃をかばう、必死になって。

「不調法でもうダメですから」

と泣かんばかりにいう、しかし、その手を無体に払いのけて情け容赦なくつがれる。

つがれたら気になってならない。

無視して、しゃべったり、話に耳を傾けたり、ということができない。ともかく、盃は酒を入れるのが仕事であり、その酒は飲まれるべき掟のものなのだ。飲まれるために、酒はつがれてあるのだ。それを、満々と湛えたまま、おいておくということは、人の世の掟に反する。

りちぎな人は苦しむ。掟のために飲むべきか、体のために飲まざるべきか。

苦しいが、しかたない。掟は破ってはならぬ。そこが義務観念、責任感の旺盛な所以《ゆえん》である。彼は目をつぶって飲む、と、どこから見張っていたか、間髪を入れず、つがれる。

りちぎな人は絶望に身もだえするのである。彼は清水《きよみず》の舞台から飛び下りた気になって、目をつぶってそのままに無視しておく。

一たんあけたら、悪魔の如きつぎ手は又もや酒をつぎ、彼を恐怖のどんぞこに陥れるからである。

しかし、そういうときに、あらたなつぎ手が来て、

「ひとつ、いかがです」

などという。とんでもないことである。りちぎ者は拒む。

「そういわずにまあ一杯、私の酌をあなたは……」

と雲行わるく、そこはりちぎ者ゆえ、この人に義理を立て「ネバナラヌ」と義務感のホゾをきめる。

もう死んでもしゃアない、と思う、それを飲み干す。と、別の一人が銚子をとってあらわれ、

「お見事ですね、わたしのも一つ」

という。片方をたてれば片方がたたず、毒をくらわば皿までと、りちぎ者氏は決心する。

そうやって、月に血を吐くほととぎす、涙の殉職をするのである。

しかし、招待する側のりちぎ者ぶりもこれはたいへんなのだ。

招待側は、される側よりりちぎ者でなければならぬ。

ともかく、空いている盃があってはならない。夢中で、目を皿にしてついでまわる。何

はともあれ、盃を満たすのは天職であるのだ。そいつを相手が飲もうとこぼそうと、誰かにぶっかけてケンカしようと、知ったこっちゃないのだ。

相手の手もとにある盃なり杯なりコップなりに、酒的な液体が入っていればいいのだ。それだけだ。そのためには、飲み手がいかに苦しもうと困ろうと悩もうと押し切ってそそぎ入れるのだ。

拒む手を払いのけ、かばう体をつき倒し、突進してつぎこむのだ。ともかく、つぎこんだ方が勝ちなのだ。

「もうだめです」

ああそうですか、しかしとにかく、入れさせて下さい。

「もう死にます」

どうぞご自由に。しかし、この酒はつがねばならぬ。

「もう、いけません、さっきも実は盃洗《はいせん》にこぼしたんです」

そうですか、しかしともかく、酒は盃に満たされ「ネバナラヌ」のです。武門の意気地でござる、ご免!

スパッ。ガボッ。ト、ト、ト、ト。

とにかく、義務感にもえ、つぎにつぎまくる。

私は「りちぎ者の子だくさん」の悲哀をかみしめつつ、かくのごとき主客の男たちの姿を見廻すのである。

（『酒』一九七二年九月一日）

異人種

この世には人間は二種類ある。

酒を飲む人と飲まぬ人である。どうもこれは全く、種属を異にするとしか、思えない。モノの考え方、発想法がぜんぜんちがう。どっちがいいということではないが、私は飲まぬ人と話してたら、たいへん気を使う。

ことに、飲まない人の家へいって接待されるぐらい気を使うことはない。

飲まない人は、飲んべえを接待しないものである。また、招《よ》ばれていくにしろ、おしかけるにしろ、そういうところへいく「飲み手」は、ごく気らくに、自分の家みたいに飲んでる人しか押しかけないものである。

勝手に戸棚をあけて、自分のあずけておいた角壜などひっぱり出し、「奥さん氷、氷」などと指図する、そういうのは飲まぬ人も、その家人も気楽であろう。

私の知人にも飲まぬ男がおり、その家へいったりすると、奥さんがはりきって「ナベちゃんは飲む人やさかい」などとお酒をつけていろんなおカズをごじゃごじゃとしてくれるが、これが気を使うのだ。男も奥さんも、お酒の味を知らぬ御仁であるから、買いおきのお酒は半年前の正月のもの。

「そうそう、ここにもお酒あったっけ」

と出してくれたのは、二年前に町内そろってヘルスセンターへいったとき、弁当についた二合瓶の瓶詰で、瓶が汗をかいて半分、酢にかわりかけというような年代もの、酒の味が変るなどとは夢にも思わぬようす。

　奥さんはニコニコして、棚の上から紙函にしまった徳利など出して来て、モクメンを払いつつ洗ったりしているのだ。どうなることかと私は心ぼそい思いでいると、旦那の方は戸棚の奥から、クモの巣のはったタンポなんかひっぱり出してきて、

「これで温めるねんやろ、知ってんねんから」

　としたり顔にいい、ヤカンの中に沈めて、グラグラ煮たたせて、熱湯のような酒にする。手も触れられぬ徳利となる。

　酒の肴というのが奥さんには見当もつかぬらしい。子供のオヤツのセンベイなど缶から出してきたり、カレーライスなんか並べたりする。

「前以てわかってればお刺身でも買《こ》うとくのに」などという。私はそういうリッパなものはいらない、ヌカミソ漬けのキューリかナスビはありませんか。

「今日のぶんはあげてしまって、いま漬けたばかりで、みんなナマ」

ではナマのキューリに味噌でもつけてたべましょうか。

「味噌は要るだけ買《こ》うてくるから、買いおきはないのよ、カビが生えるんやもん」

旦那が戸棚から梅干とあさりの佃煮を出してきて、これでどうだという、こうなればやけくそで飲む。旦那はカレーライスを食べ、奥さんは子供の残したものを食べてるそばで私は、二年前の酒を飲むのだ。こうなると人間、意地である。あとへひけない意気地というものがあるのだ。

酒飲みというものは、酒がお銚子に入ってるとすぐ、あとがついてるかどうか、心配になって、台所のヤカンをみるものだ。ついてない。徳利は一本きりより出してない。徳利やお銚子の類《たぐ》いは一本あればコト足りると思うものらしいのだ。

「ねえ、どうぞ飲んでよ。どうせウチへ置いといてもしょうがないんやから……豚のうま煮の時に料理用に使うだけよ」

と奥さんは、コロコロ笑っていう。

「どんどん飲んで下さいよ」

しかし私はどんどん飲んだおぼえもないのに、もはやお銚子はカラなのだ。

お酒をたしなまぬ人は、一本のお銚子にはむじんぞうにお酒が出てくると思うらしい。アラジンの魔法のランプじゃないんだよ。

「もう、おしまいなんです」

いわなきゃわからない。

「あれ、そう、ではつけてきましょう」

とその一本にまたグラグラの酒を入れるべくたってゆく。酒飲みというものは、一本めの次にすぐ二本めがこないと手もちぶさたで、飲んだ気がせず、どっち向いてたらいいか分らんのだ。そのあいだのとぎれ目が切ない。

旦那の方はカレーライスを食って満腹して何やかや話かけるが、私はガソリンが入ってないから意気上がらない。

やっときたきた、熱々の酒。それを飲んでると、ようやく口がほぐれてしゃべりやすくなった所で、またお銚子がカラになる。

「あら、もう」なんていわれて、すみません、という。しばしタイム。何かしらもどかしくて飲んだような飲まないような、食べたような食べないような、帰宅してからワーッと酔いが出たりして。

しかし、気がきかないというのではなく、異人種なのだからどうも仕方がないのだ。それに第一、とてもいい人たちで、私が帰ったあと、しばし愉快でボーッとしたそうである。それは、私の人格とムードのせいでなく、お酒の匂いに中《あ》てられたためであったそうな。


（『酒』一九七二年十月一日）

ぬすみ酒

若山牧水は、いい酒の歌をのこしている。

「白玉の歯にしみとほる秋の夜の酒は静かに飲むべかりけり」はいちばん有名で人々に愛誦されているが、この人は酒を愛しすぎて病気になり、ついにドクター・ストップがかかって、酒を禁じられてしまった。

しかし、なかなかやめられない。

「酒やめむそれはともあれながき日のゆふぐれごとにならば何とせむ」

たぶん牧水は憮然と腕をこまぬいて、そのうちイライラしてきたであろう。

そうして、飲まずに長生きするべきか、早死にしても飲むべきか、とつおいつ、心は千々に乱れつつ苦慮したであろう。しまいにやつ当りで、禁酒を命じた医者まで憎らしくなってくる。

「酒やめてかはりに何か楽しめといふ医者がつらに鼻あぐらかけり」

ついに牧水は決然と立ち上る。五年十年の余生をむさぼったとて、酒なくてなんのおのれが人生かな。ええい、いけ！　かめへん！

「足音を忍ばせて行けば台所にわが酒の壜は立ちて待ちをる」愛《う》い奴である。久しぶりの酒のうまさ。と、そこへ妻の足音、すわ、大変！

「妻が眼を盗みて飲める酒なれば惶《あわ》て飲み噎《む》せ鼻ゆこぼしつ」

いつの世も男というものはしようのない奴で、私の父がこれと同じことをやってるのだ。戦争中だから、まともな酒のあろう筈はない。たまたまウチは写真館で、いろんな薬品の壜が仕事場に並んでる、その壜の一つに、あやしげなアルコールを入れて飲んでいた。そうして、レッテルはれいれいしく、ほかの薬品の名を書いて、母の眼をごまかしていた。

父はそうやってあやしげな酒をぬすみ飲みしたせいで、終戦の年に死んだが、母の眼をごまかして飲んでいたぬすみ酒は、さぞおいしかったろう、という気がする。

いったい、酒というものは皮肉なもので、制限つき、禁止、などという抑制があると却って飲みたくなり、押して飲むと、じつにうまいものである。

妻ににこにことやさしく「さァ一杯、どうぞめし上れ、おや、もうお上りにならないの、今日は少ないのね、せっかくお燗ができたんですから、そうおっしゃらずに、もっとお飲みなさいよ、おねがい」などとやられてはこれが欲が無くなるのだ。

「えッ、まだ飲むの？　やめなさい。もうあとはつけてありませんよッ。そんなに飲むほど働きがあると思ってんの！」

あるいは、

「知りませんよ、死んだって。まァ、あなたは酒と心中するんだからいいけれど、あとへ残る私や子供はどうなんの、ちっとは考えて飲んだらどう」

と恫喝《どうかつ》されて、しぶしぶ盃を伏せ、しかし深夜ひそかに妻の寝息をうかがいつつ、水を飲みにいくふりをして酒を飲む。このぬすみ酒の味は、こたえられまへん、とある飲み助がいうた。

　水といえば、酔いざめの水はうまいというが、たいがい枕元に酒飲みは水をおく。これも人によりまちまちであるが、ガラスの水差しを用いる人、アルマイトのやかんで口飲みする人、コップに一杯水を張っておいておく人、さまざまである。その中に、例の飲み助、寝るとき枕元に何もおかぬという。

　夜中、眼がさめてのどが乾きませんか、というと、これが、やはりのどが乾き、あぁ水が欲しいと思うそうな。

「そんでギリギリまで辛抱してんねん、ああ水飲みたい、もう辛抱たまらん、そう思うが、眠いし寒いし、寝床は出とうない、水飲みたい気持ちとたたかって、もう、いよいよがまんできんようになって、ついに床から出て台所へ飲みにいく、その美味さ、これはもうこたえられまへん。枕元においといて、ずいと手ェのばして飲むより、ずっとずっとうまい」

　だいぶん、マゾ的な趣味があるのかもしれないが、ぬすみ酒のうまさと共通したところ

えば大っぴらに飲む。
それに、飲んだら命にかかわるという持病もなし、酒代は亭主持ちだから、飲もうと思
私は、ぬすみ酒などしない。すぐ顔が赤くなるほうだから、たちまちわかってしまう。
があるようである。

しかしながら私は意外に、古風なところがあって、亭主が大いに飲んでるときは、私も大いばりで大いに飲めるが、亭主が体具合がわるいか、気分がすぐれぬときは、あまり飲まない、すると私も、少しでやめなければいけないと思う。遠慮、ツツシミがある。

何ごとも亭主次第である。それにそういうとき男はじつに勝手で、じろりとにらんで、「もういいかげんにやめろ。亭主が飲まんのに、女房のくせに飲んでる奴があるか！」と仰せられる。そういうときに限って私は体調よく気分爽快で、飲みたいのだから困るのだ。

そこで亭主が横を向いてるとき、テレビに視線をあてているとき、箸で魚の骨をとりのぞくのに夢中になってるとき、いそいで飲む。あるいは、「あ、あ、あれみて」とテレビを指さし、亭主いそいで頭をあげてテレビに見入るひまに、彼の盃の酒まで飲んでやる。

これもいわばぬすみ酒であろう。そうして私もまた、「あわて飲み噎《む》せ鼻ゆこぼ」すのである。


（『酒』一九七二年十一月一日）

酒の上酒

「女心の唄」という私の大好きなハヤリ歌（歌謡曲、などと無味乾燥なことをいうものではない。歌には軍歌と西洋の歌とハヤリウタの三種しかない）の中に、

「酒がいわせた言葉だと
　なんで今さら逃げるのよ」

という文句があり、ここを私がバーで歌うと、あまりに真に迫って、バー中、しんとしてしまうという、サワリである。尤も、私には、そんな怨みごとをいう体験は、ほんとのところはないわけである。男たちは、私には、酒を飲んですら、色っぽいことはいえないとみえる。

この、酒の上だとか、酒がいわせた、という言葉はじつに以て便利である。日本独特のものではないと信ずるが、ナゼカ、日本人好みの言葉である。これを死んだ漫才師の砂川捨丸あたりにいわせると、ヘンなフシをつけて、

「浮気は一時のデキ心ォ……赤ちゃん

「できてもアイドントノー！」

と歌い、客はどっとくる、というキマリのところで、私は「酒の上」という言葉を聞くと、捨丸のこの歌声とチョビヒゲが目に浮ぶのである。

酒の上のことでした、許して下さい。という言葉は、言われるほうはかなわないが、いうほうはさぞ、いい心持であろう。

ただし、人のワルクチをいったり、果ては乱暴狼籍に及ぶ、というのは、これは困るのである。これで、酒の上だといわれても、人は許せないであろう。

だいたい、酒を飲んでしゃべるのは、これはたいてい本音《ほんね》である。酔ってワルクチをいうのは、その人がふだんは抑圧して用心している本音が出たのであって、心しずかに聞くべきものである。そして本音のもつ真実性のために、一度きいた人は二度と忘れはせぬであろう。長年の友情が一夕、にわかに変じて憎悪となるのは、本音をしゃべり、それを聞かれたせいである。

まあ、友情が憎悪に変じても別にかまわないが、大体において、酒を飲んで人のワルクチいったり撲《なぐ》ったりするのは、つつしんだ方がいいかもしれない。酒の上という訂正が通用しないと知っていう時のほかは。

「酒がいわせた言葉」といえるのは、色ごとめいた方面だけである。好きとか惚れてるとかいう言葉は、人畜無害である。中には気むずかしき男や女がいて、酒の上、ということ

をみとめず「心が傷つけられた」と開き直られると話がこじれるが、まあ大体、この方面ならば、

「酒の上のことでした」

と深々とあたまを下げれば、

「バカッ」

ですむ。

いや、すませるのがオトナの酒というものである。

思ってもみよ、このせちがらい世の中に、たとえひとときでも、「惚れてます」「好きです」なんて言ったり言われたりする。そして酔ったふりして抱きつく。チュッ！とやる。それはほんとは酔ってないが、酔いに乗じようという気があり、しかしそういう気がおこるところが、すでに酔ってるようでもあり、いや、こう大胆に手をにぎったりできる、そういうところはリッパに酔ってる証拠じゃないかと我ながら思いつつ、だんだん図々しくなり、矢でも鉄砲でも来い、という気になり、天下をとった気になり、今なら何でもできる気になる、これはもう酒の功徳でなくてなんであろうか。

平素の自分なら、しようと思ってもできぬほど厚顔にくどき、果敢に実行する。こんなうれしいことも世の中にはあるのだ、生きててよかった、まだこの中年で惚れたり惚れられたりするとは、などと思いつつ、急に世の中バラ色にみえ、……イヤ、楽しいものだ、

と悦に入る。

それが目がさめて愕然としちゃったりしてる。二日酔いでズキズキするあたまをかかえ、部屋をうろうろしてゆうべのことを思い出そうとし、まっすぐ歩いてるつもりでも、柱にぶつかったりしてまだ酔いが残ってることを知る。

自分は何をしてきたのか、思い出せないから青菜に塩だ。

そういうときに女が出てきて、いやにわけありげな目くばせ、へんになれなれしくされたりして腑におちず、あたま傾けたりしてる男の顔ていうのは、みんな、可愛いね。

思い出せそうな出せぬような、そのうちだんだん、女のおしゃべりで思い出してくる。

女はだれもいじ悪だし、すべて酒の上だったと本当は知ってる程度には賢明なものなのだ。しかしわざと知らん顔をして、チクチクいう。男の酒の上の言葉や行動を、本気でやったように信じるフリをする。

男が窮してるのをみるのは楽しい。

ますます、苛《いじ》めよう。言質《げんち》をとろう。

ついに男は手をついてうなだれたりするかもしれない。がっくり、あたまを下げて血を吐くようなひとこと、

「すまん、酒の上のことです、許して下さい」

女はみんな、ここでワッと泣き出そう。首をくって死ぬとわめいてやろう。男は周章

狼狽、あわててなだめ役にまわるから、これを利用して、何かせしめてやろう。イヤ、酒の上というのは楽しいですね。そしてそれは、男から何かせしめられるから楽しいのではなく、酒の上の中に何パーセントか本音が入っていたのではないかと空想したりするから楽しいのである。

（『酒』一九七二年十二月一日）

ほろ酔い

酒徒とのつき合い

某月某日

筒井康隆さんが神戸へひっこしてきたから、私は大よろこびで新築の家を見にいった。豪邸。玄関なんか、「料亭・筒の家《や》」という感じ、さすが文壇三美男の一人のイレモノにふさわしい。二階のテラスから海が見え、町の灯も見えます。テラスでバーベキューできるように、ガス栓つけたあんねん、と筒井さんは自慢していた。それから、応接間でステレオかけて夜中踊ってても、近所は大丈夫やとうけあった。この人、遊ぶことばっかり考えてはんねん。私と一しょだ。

いろんなオクスリを見せてくれて、はしゃいでいた。しかし私は眠がりなので、よけい眠たくなるオクスリは困るのだ。「眠たくならないオクスリはないの？」というとそれもある、と威ばっている。筒井さんがあっちを向いてるすきに、そいつを少し、ぬすんでやった。暑いので私はビールと水割り、筒井さんは水割りで飲む。八時頃から一時ぐらいまで飲んでたのではないか。このあいだ酔っぱらって筒井さんはさる神社へいき、賽銭箱の上で踊って箱をふみつぶしてしまった、という話をしていた。（筒井さんは友人が犯人だというがわかるもんか）その神罰、タタリで直木賞おっこったんだという。毎日、五百円お賽銭あげて、神サンにお詫びしてんねん、と筒井さんはいっていた。

さすが垂水《たるみ》で、魚や貝のごちそうがおいしかった。若くって可愛いらしい奥さまと共に、秀逸であった。

家、夫人、料理、筒井康隆にすぎたるものというべし。

しかし男前の筒井さんを前に飲む酒は、やはり廻りがはやいようであります。

某月某日

奈良本辰也センセイは強いなあ。（お酒のほう）８の会という、サントリーの肝いりで行なわれる、飲む会があって、私は奈良本センセイと一緒になった。センセイは筋金入りの酒豪で、同じコップ、同じ色の液体にみえるが、私のはビール、センセイはウイスキーのストレート、共にグイグイやって私の方が先に酔っぱらってしまう。センセイは飲むほどに談論風発、私はもう酔っぱらって、吉田松陰も坂本竜馬もごっちゃになって、「なぜ吉田松陰が新選組に斬られたのか？」と考えていると、なおおかしくなって、何が何だかわからんようになる。

しかも尚《なお》センセイは姿勢も崩さず顔色もかえず、急ピッチでおいしそうに飲む。

「センセイ、毎晩飲んだはりますのん？」

「うむ。夜は七時から十二時まで飲む」

オバケ！　こんな酒豪にかなうはずはないだろう。

某月某日

「マキシム」へ食べにおいで、と杉本苑子さんがいうから、私は東京までいった。曽野綾子さんと津村節子さんとで四人、一年一度の散財をしようというわけ。何だか十九世紀のパリへまよいこんだような店のたたずまいで、いやに給仕さんがたくさんいた。いろいろたべた中では、エスカルゴとムール貝のスープがおいしかった。飲みものは、白ブドウ酒だが、曽野さんはこのあと車をころがして帰るから飲まぬという。杉本さんは、酒のイケない婦人で、ジンジャーエール、結局、私と津村さんで一本のワインをのむなさけなさ。ちょっとぐらい、ええやないの、と曽野さんをみんなでけしかけたが、けなげにも彼女は国禁を守るというので、グラスにはつがずじまい。

　そのかわりおしゃべりと食べる方でうめあわせ。

「ゼヒ、インドは見ていらっしゃいよ」

と曽野さんにいわれて私は大いに心うごく。杉本お苑は親孝行者で、「父母いますときは遠く遊ばず」である。津村お節は、亭主孝行で「亭主いますときは遠く浮かれず」である。私だけ遊心をそそられる。

亭主といえば、曽野さんの夫君の三浦朱門さんが、今日、いっしょにいくとダダをこねたよし、男コドモの出る幕ではないのダ。

いちばんよく食べたのはお苑さんであった。（みんなより、鴨料理一皿分多い）いちばん食いしんぼうは、私であった。（何しろ、大阪から五百キロの道を遠しとせずして出かけたのだ）

六時から九時まで、食べ、かつ、しゃべる。

しかし曽野さんは実にタフで認識をあらたにした。これから車で三浦三崎まで帰るというのだ。柳に雪折れなしの見本みたいな美人である。

某月某日
釣師の田村竹石さんという中年（六十五歳）の男性と飛田新地の中にある料理屋で飲む。この店は遊廓時代そのままのたたずまい。酒は「花衣」樽のにおいがプーンときておいしい。たちまち五、六杯並べる。
釣師というのは酒好き話好き、とくに渓流師は健脚だから、たいてい、元気で、年よりは若く見えるものだ。
「ご婦人の前ですが」「ハア」「廓は必要ですぞ」「ハハア」「その代り、働らいてる婦人には三月にいっぺん……」「検診ですか？」「いや、本人に聞くのです。あんた、まだこの仕事つづけたいですか、どうですか、と。搾取《さくしゅ》や強制だけはいけませんからな」

　長老の故智、学ぶべし。

某月某日

　野坂昭如さんと飲んでこまること。

「トイレいく？　あそこにあるよ。いく？　いかへん？　大分ビール飲んだのにな」

いって帰ると、「長いなあ、大便してきたんか」

もっと小さな声でいってほしい。

「今日の服は緑色である所を見ると田辺サンはアンネではないのだ。女はあれの時はたいてい黒や紺や赤を着るのだ」キライ。水割十ぱい目くらいから、「やらせろ！」と叫ぶよ。それから手や足を触りにきたりする。「昭ちゃん何です、人さまの前で！」へへ、エへへなんて笑って、もうちょっとするとと唄をうたってくれる。仕事を忘れるために飲むときの酒は、野坂さんとだと楽しいなあ。


（『小説現代』一九七二年十一月一日）

酒色

林間、紅葉を焚《た》いて、酒をあたためるべき季節である。紅葉の枝を折ってお燗《かん》をつけましょう。お酒があたたまるあいだ、木蔭の椅子に坐って『五木寛之作品集』を読んだり、折々は書を伏せて、帽子をかぶってヤスを携え、ツチノコをさがしにいきましょう。であるが、私の家には焚くべき紅葉の枝もなく、木蔭の椅子もないのだ。仕方ないから台所でガスをつけて酒をあたため、ツチノコの代りにカモカのおっちゃんがきたから、酒をごちそうしましょう。

お酒のあったまるあいだ、

「酒色、といいますが、やはりペアになってるべきもんですなあ」

とおっちゃんはいう。

「ああいうことは、酒なしには、あほらしてできん。素面《しらふ》でやるやつの気がしれまへん、どんな顔してあんな恰好できるねん」

「おっちゃんは飲んでヤルほうですか」

「むろんです。しかし、これがしばしば、飲みすぎてできんようになるんで、困りまんねん」

飲まなきゃやれぬ、飲めばできぬ、どないせえ、ちゅうねん、いったい。

いっぺん、飲まないで、その道ひとすじにいそしんでみたらどないですか。

「はずかしいこと、いわんといて。酒も飲まんと、どっち向いたらええねん、あたまは冴えてる、目はパッチリ、麻雀の借金も家のローンもみな明晰におぼえとんのに、女の体に手ェかけて、チョネチョネ、やってられまっかいな」

すると、酒飲んで、そういうことを一切忘れ、酔っぱらって酔眼朦朧でヤル、というのはつまり、酒の力を借りて、ムリにその気になるように、気のすすまぬものをかり立て、そそり立てる、催淫剤といいますか、媚薬といいますか……。

「そらあたりまえです。アレは正気の人間にやれるこっちゃ、ない」

とはひどいが、「婦人生活社」の原田社長に登場していただくと、氏は、恋愛のチャンスに恵まれぬ若い娘に、恋愛発生のコツを左の如く、教唆《きようさ》しておられる。

一つは、太陽光線のないところである。電灯のほうが、「うつつごころ」を消すのによろしいという。

二つは不規則な時間だという。つまり、日常次元の時間ではないとき。深夜、早朝、それから会社の勤務時間外のとき。

三に、家族がいないところ、という。

これはまことに適切な助言であって、原田社長は遊び人ではないからこそ、岡目八目で、男女の機微に通じることがおできになるのだろう。

ところで、これは、恋愛と構えるまでもなく色ごとにも通じるのはいうまでもない。ただ、色ごとということになると、も一つ、起爆剤が要るのであって、それが、カモカのおっちゃんにいわせれば、酒だというのである。

しかしそれでは、酒を飲まぬ人は、どうなるのだ。毎日、素面の人はどうすりゃ、いいのだ。

「さいな。それが僕にもわかりまへん。たとえば僕らやったら、この女とナニしようとすると、まず、酒を飲む、ええこンころもちになって口もほぐれ気もかるく、冗談を叩いたり、チョッカイ出したり、ゲンコツ見せたり……」

ゲンコツを見せてどうするのだ、空手の型でも見せるのかしら。

「いや、その……いいにくいな、今晩、どうですか、とゲンコツを見せる」

いよいよわからない、今晩とゲンコツとどんな関係があるのだ。

「いや、そこまでいうてわからんのか。学校で何習《なろ》うとんね……つまり、ゲンコツの拇指《おやゆび》はたいてい外側に出てますわな」

私、わが手でゲンコツを作って、つくづく見る。

「ウン、外側へ出てる」

「その拇指を中へ入れて握る」

私、そうする。

「こんどはそれを人さし指と中指のあいだから出して見なはれ」

あほらしい。

「ま、そういうゲンコツを見せたり、すると女が、バカン……と僕を叩いたりしまンな」

そりゃそうだろう。

「そうして押したり引いたりするうちに、何となく、ムードができ、これをしも酒色という、たいがい歴史の本読むと、古代の帝王で暗君、馬鹿殿様というのは、『酒色に溺れ』と書いたァる。そら、やっぱり、色ごとと酒はひっついてるもんです。もし素面《しらふ》なら、僕はもう、十四、五の中学生みたいに堅《かと》うなってしもて、ゲンコツなんか、あべこべに見せられたら泣き出してしまう」

しかし酒飲まぬ御仁は、端然と危坐《きざ》し、

「どうかね？　エ？　今夜」

と詰問口調になる、のではないかとカモカのおっちゃんはいう。

かりに、話がついて、結構なる美女と、結構なる場所へいくとする、咳払いなんぞして床に横たわり、じーっと、眼光するどくあたりを見廻し、美女の一挙手一投足を値ぶみす

るごとく見る、あるいはせいぜいチューインガムをかみつつ、一、二、三、と徒手体操になっちまう。酒気がなけりゃ、

「色気もヘチマもおまへん」

とカモカのおっちゃんはいう。

お酒があったまってきた。徳利からついで飲む。おっちゃんにもついでやる。

「ああ、おいしい」

酒が熱いせいか、胃袋までずうっと入ってゆくのがよくわかる。

「『胃袋のありどこを知る熱い酒』ってね」

「胃袋どころか、男はずうっとその下までいって、竿の先っちょまでいくのがわかる」

「まァ」

優雅なる私は赤面してるのに、おっちゃん尚も図に乗り、

「女の熱い酒は胃袋の下をずうっとずうっと下って、これは先で二つに分れる」

「キライ！」

「ソレ、そうやってチョネチョネして、今晩どうですか？　といえるやろ、やっぱり、酒色はペアになってるもんですな」

（『週刊文春』一九七二年十一月二十日）

酒と肴のこと

この間、相棒の男が大学同窓会とやらで四国へ一泊旅行に出かけ、私は異例のことで酒ぬきの夕食を娘たちととり、食後、深夜の二時まで仕事ができて、われながらビックリした。酒がなければこんなに仕事ができるんだァ。

私はちゃらんぽらん女であるから、もしこれ、酒飲まぬ男を相棒にもてば、自分も飲まずにすんでいたかもしれぬと考える。そのへんが、われながらうさんくさく、信用ならぬところである。何を考えとんのか、わからんところが、われながら、ある。

しかし酒飲みの相棒が帰ってくると、また晩酌をやり、これはこれで結構おいしいのだから、無節操もはなはだしい。

酒量は、二人で五合くらいか、でも私は相棒より少ない。いま飲んでいるのは「大関」である。以前「金盃」のときは手もふれられぬ熱燗であったが、「大関」はぬるめのほうがおいしく、冷やもおいしい。

洋酒はサントリーのダルマを、寝しなに飲むくらい、これはいつもではない。夏は、日

本酒の前に、サントリーの純生《なま》を、二人で一本。ときに二本。（いつも二人ですみません）

夕食はいつも私が作るが、どうしても魚と野菜である。いわしの生姜煮や、さばの味噌煮、しいたけと高野豆腐の煮もの、かきの酢のもの、とろのお刺身（神戸は有難いことに安くておいしいのである）、小芋と豚肉の煮こみ……私は毎日、献立表をつくっているので、それが厖大な量になって残っている。秋・冬の部を見ると、もっといろいろあるのだが、家政婦さんが買出しにいくときは、コレがなければアレと融通が利かないから、どうしても単調になる。買出しだけは私が行きたいと思うが、その時間もないときが多い。市場の買物は大好きなので、いつも大きな買物車を一人でひっぱっていくのだけれど、一時間かかって帰ってくると、ちょっと調子が狂ってすぐ仕事にかかれない。

冬は鍋ものにする。とくに、おでんやうどんすき、とり鍋、すきやきなどすると、子供たちと両方いけて私は手がはぶけて助かる。

わが家はふつう、子供とおとなと、献立がちがうので、大変なのだ。

おとなだけの場合は、このほか、ころなべ（鯨の皮と水菜のはりはり鍋のことである）、かき鍋、とんちり（豚と白菜、またはゴマダレで、豚とほうれんそう）、石狩鍋、かす鍋（酒粕汁の中にわかめ、しいたけ、ねぎ、たい、こんにゃくなどを入れる）、よせなべなどをする。

鍋もののときは、酒の肴に冷たいもの、といっても、生ずしとか、酢がきとか、なっとうなどをつけておけばよい。私は本誌『酒』にのっている酒の肴などを切りぬいて「料理ノート」に貼りつけ、時に作っていて重宝している。新聞の料理欄も、よく切りぬいて貼るほうである。料理雑誌、料理カードを見るのが大好きで、これはまとめて台所の棚に並べてある。そのわりに料理は上達しないが、これは神戸の生鮮食料品がイキがよく、なまじ手を加えると却ってまずくなるというところからもきている。

手を加えるといえば、この間はすてきにおいしいすっぽんをたべた。神戸にいる女流作家の島京子さんが、知人に生きたすっぽんを数匹もらい、風呂場でタライに水を張って生かしておいたのを、すっぽん料理屋さんにとくにたのんで、料理してもらったのだ。

元町高架下の「丸金飯店」という台湾料理屋さんの店で、京都の「大市」などとまたちがった風味、ここの蛙の唐揚げや、豚の子宮の湯がいたものなど、ちょっと比類のない美味、すっぽんもコクがあって脂があって、何ともいえない味で、スープと肉がたべられる。私はすっぽんがぽんと首を切られて血を絞られるのまで見たが、あんまり鮮やかな手さばきで、しかも逞しい腕力で軽々とやられたので、「ワー、かわいそ」といいながら、わりに平気で見ていた。メスでないと血が出ないそうだが、幸いメスだったので、ブドー酒に入れてもらって飲んだ。五、六人で満腹した。

相棒が奄美生れの鹿児島育ちなので、豚肉料理を好むから私も右へ習えしたけれど、豚というものは牛肉よりあっさりしていることを発見した。豚足煮こみの美味しさは、魚料理の淡白とおなじくらいである。私は肉の本場の神戸にいるけれども、ビフテキで日本酒は飲めないから、あまり牛肉は好まない。むしろ豚足煮込みの方が日本酒に合う。すっぽんだの、豚の足だの、子宮だの、蛙だのというと、あたまからおぞ気をふるってよりつかぬ人があるけれど、こんな美味を知らぬ人は気の毒である。鮎の塩焼きや湯豆腐や、湯葉や、わらびぜんまいも私の好むところではあるが、おいしいものは、ほかにもっとあるという気がつねに私にはある。それが日本酒にあえば、尚、結構である。

(『酒』一九七三年一月一日)

お茶とお酒

新茶の季節である。

私はお酒も好きだが、お茶も好きだ。

尤も、飲む方だけであって、お茶の作法は知らない。

茶席へいったことがない。お茶をならうのはめんどくさい。

女流作家や物書きというと、世間の人は、茶道の嗜《たしな》みふかく、おくゆかしき趣味人を連想されるかもしれないが（事実、そういう方々が多いのだろうが）、私はからきし風雅の道に縁遠い方で、こういう乱暴なのも、文芸家協会の末席を汚しているわけである。

やれば面白いのだろうなあ、なんて思うが、そう思いながら、つい、お酒の方へ手がいく。これは、猪口さえあれば飲め、右へ廻したり左へめぐらしたりする手間も要らず、燗をするのも面倒なり、というときは冷や酒ですむ。お辞儀もいらず、ムスンデヒライテみたいな手の作法もなし、酔い到れば「明治一代女」をどなってりゃすむ、という、しかしまあ、つらつら考えてみると、あまりパッといたしません。

おまけに、酒道に精進していると、これは茶道とちがって、後遺症というものがあるから困る。

和敬清寂《わけいせいじゃく》なんて気分は薬にしたくもない。

私、何か失礼なことといわなかったかしらん、なんて、翌朝目ざめて、胸にギックリ五寸釘、おまけに毎朝フツカ酔いで、口を利《き》くのも大儀、という始末。

少し、なんか習いごとでもして、軽躁《けいそう》にして浅薄なるわが品性を矯《た》めようかと考えたりもするが、それは、朝の考えであって、夕方になると、

（茶道も酒道も変りがあるじゃなし）

なんてことになってしまい、今日はソラマメにめばるの煮つけ、ひらめのお刺身が少し、なんてのを見ると、日本酒に限る、と思って飲んでるうちに、日本酒はあとくちが粘るのでウイスキーに切りかえたりしてると、お酒があるのにオカズがなくなった、と、カモカのおっちゃんなり、友人なりが騒ぐから、チーズを切ったり、干物を焼いたりしてると、こんどは酒がなくなる。そうだ、貰い物のブランデーがありましたっけ、と封を切る。こうやって徹宵《てっしょう》となり、翌朝、すこし茶道でも嗜もうか、という気になる、という段取り。

ただこういうとき、おいしく淹《い》れた煎茶や玉露を飲むと、気がおちついて、こし方《かた》、ゆく末を考えてしまう。

「こし方を思う涙は耳に入り」

なんて川柳があるが、私は、眠れぬ床《とこ》でこし方を思うことは殆《ほとん》どない。なにしろ眠れない、という苦労は生まれてから知らない御仁なのだ。それより、お茶を飲んでるときにじーっとこし方を考えたりする。

茶道を嗜む人は、みな人が嗜むのが当り前と思うのかして、不意打ちのようにお茶席を設けたりしてこちらを恐慌におとしいれるのが多い。

この間も、さるお坊さんが、精進料理をごちそうして進ぜようというので大喜びで、カモカのおっちゃんをさそっていくと、「その前にお茶を一ぱいさし上げます」と、弟子の若い坊さんがしとやかに合掌していう。何気なくついていくと、十人ばかり並んだお茶席の上座へ坐らされて私は、悲憤やるかたなく、さながら都鳥一家にダマシ討ちにあった石松の心境。

カモカのおっちゃんも茶席に拉致《らち》されたが、この御仁はずぶといのか無神経なのか、

「あそこが空いてる」

と正客のところへずっかずっかいって坐り、若い坊さんが、しずしずとお茶を持って出てくると、

「どないして飲みますねん、何ぞ作法がおますか」

と三百年の伝統に気もつかぬ風情でいう。

お坊さんはやおら合掌して、この無礼者の非礼を仏様にお詫《わ》びする、というさまをみせ

てから、ほほえんで、

「どないでもよろしいように、おあがり下さい」

と京都の坊さんは、言葉が柔媚《じゅうび》で慇懃《いんぎん》である。

「わ、うまい。おかわりできますか」

とおっちゃんは一ト口に飲み、坊さんは、

「お菓子、お菓子をどうぞ」

という。

「甘いものはあきまへんねん。どうぞ、そっちのご婦人に」

とおっちゃんは皿を押しやり、煙草を出して、

「マッチかして下さい」

なんてお坊さんにたのんだりして、お坊さんを混乱させ、茶席はもうめちゃめちゃ。

「結構でございました、しかしお茶は何ばいも飲むわけにいかず、そこへくるとなんでお酒は何ばいも飲めますねやろ」

とおっちゃんはふしぎそうにいう。坊さんはもう、やけくそのようになって合掌し、

「ほたら、あっちへいきまほか、ぼつぼつ料理も並んでることやし」

と、お茶を切り上げてくれた。

そうして中国伝来の精進料理のかずかずを、説明と共においしく頂戴したのであるが、

興到ると、飲めや歌えのどんちゃんさわぎになるのは、在俗も出家もわかちなく、

「どうも山で飲むと、酒の味に茶の味が混じった気がしていかん。町へ下りよう！」

と老師も納所《なつしょ》坊主ももろともに叫び、みんなはしゃいでタクシーに分乗し、仏様にガソリンの屁をかまして町へ下りていったんだ。

そうして翌朝、私はじーっと考えて、やはり、教養ある人間としては、茶道の嗜みぐらいなければ日本文化を身を以て知ることはできないんじゃないか、と反省し、

（お茶を習おうか）

と決心するが、夕方になるとまた崩れ、

（お茶をとろうか、お酒をとろか、日本文化が何とした、ああいうものは渉外係に任せておけばよい）

という気になって、お酒の方を飲む。

「おっちゃん、お茶を習う気がありますか。茶席へ案内されて懲りませんでしたか」

と聞いたら、カモカのおっちゃんは言下に、

「お茶より料理が習いたい。坊さんの料理に感じ入った。男が自分で料理して飲む、それに限ります。もう今や女の不味《まず》い手料理は食えん。また女を料理するほうも気が進みまへん」


（『週刊文春』一九七六年五月七日）

更年期の酒

某月某日

私の酒はこの頃、ワルくなったといわれる、

「どこがですか」

と心を痛めて問い返すと、

「図々しイなったんちがいますか」

とその人は遠慮しいしい、いった。

私は飲むと大言壮語癖が出てきたそうである。

「何？　シメキリ？　そんなものが何だというのだ！　そんなもんは一応の目安にすぎん！」

私は、このあいだ「朝ごはんぬき？」という小説を書いたが、そこに出てくるヒロインの女流作家はあつかましい女で、原稿をとりにきた編集者に、そういってどなりつける。

必ずしも私のことではないのだが、

「しめきりに間に合う、合わんということは神のみぞ知る。原稿ができるか、できないかということは、その日その日の出来心、しめきりに間に合う、合わんということまで、作者が責任もってられるかッ！」

などといってどなる、実にもう、理不尽《りふじん》きわまる厚かましい女なのである。

現実の私は、むろん、こんな無茶はいわない。いいたいと無意識下に思っているかもしれないが、当然、良識ある人間としていったりしない。

それがお酒を飲むとタガがはずれるとみえ、私はそう叫んだそうである。そういわれればいったかもしれない。

しかし、その場合は必らず、

「これは私の書いた小説の中のヒロインのコトバですが」

と注釈を施《ほどこ》してると思う。知人は、

「そんなことというから、よけい、いやらしい」

と忠告してくれた。

お酒によってタガがはずれる、としても、昔の私なら、やたら手を叩いたり、歌を唄ったり、男性と握手したがったり、するくらいの無邪気さであった。今の私は、酒の力を借りて原稿のおそいのを棚にあげ、言い負かそうとしている。

しかも小説中のヒロインの言葉に責任転嫁してゴマカソウとしているならば、これはもう、図々しいことである。

反省しよう。

だんだん、私も、まがうかたなき中年女になってきたのかもしれない。図々しい上に、飲むと辛辣《しんらつ》になってきた、という情報もある。これはまさしく中年女の特徴である。人をこきおろすこと辛辣に、しかも、

「私のいうことにマチガイあるかッ！」

というようになれば、りっぱな中年女だそうである。

しかし私の亭主は、

「それはみな、更年期の特徴だ」

と冷静に診断した。今は、お酒を飲んで辛辣になり、正義の代表みたいな顔をしているが、そのうち、お酒を飲まなくても、そうなるという。

心すべきことにこそ。

某月某日

ウイスキーが強いと感じられ出してきた。

お酒は時により、やっぱりおいしいけれど。

伊丹《いたみ》に住居をもつと、このへんは「白雪」と「大手柄《おおてがら》」というお酒がハバを利かしている。どっちも飲む。

量はいけない。

ブランデーの水割りがいちばんなめらかにノドを通っていい。しかし手許《てもと》になかったりして、結局、あるものを飲んでるから、種類をえらばずということになってしまう。

酒がワルくなった、といわれてから、私はひがみっぽく、肩身せまくなって、どうも昔のように、お誘いがかかっても即座に、

「いきましょう、いきましょう」

というわけにまいらなくなった。辛辣に友人知人、同業者のワルクチを放言してしまうかもしれない。本当はそう思ってないのに、ツイ口がすべっていう、ということもありうる。私はヒガんで、すくんでしまう気がする。

「ソレ、それが、更年期の証拠だ」

と亭主は指摘する。

「ひがみっぽくなる。いじける」

私はそこで考えた。

しかたない、もう、こうなれば、こうなったで、いちいち、ビビるのはよそう。お酒を飲んで、意気軒昂《けんこう》、何をしゃべったって、べつにいいではないか。人に何といわれようと、それがありのままの自分であるのだ。いい年をして、イイ子チャンになることもないではないか。よーし、いちいち人の顔色よんで、酔っぱらわぬよう用心して、チビチビ飲

む、などということは止そう、気宇壮大《きうそうだい》にいこう。

「ソレ、それが、やっぱり更年期だ。ケツを捲《まく》るのがそうなのだ。それがどうした、というのが更年期の特徴」

と夫はいった。

しかたないので、今は、行雲流水、無念無想で飲んでる。

いつか、秋田實先生だったか、

「ウレシイ時だけ飲む。いやな気分のときは飲まない」

とおっしゃった。

私はいたく感心し、実行しようとしたが、結局、私にあっては、

「ウレシイ時には宿酔《ふつかよい》になり、いやな気分のときも宿酔になる」

という結果になった。ウレシイ時はよけい飲み、いやなときもよけい飲むからである。

しかし、五十路《いそじ》を目前にして、体調の都合により、お酒がどうしてもノドを通らない、

というときがあるようになった。

昔は、それを辛抱して飲んでると、やがておいしくなり、いくらでも飲めたものである。

さすがに、今は、そういうことをやらなくなり、

「では、今夜はこれにて」

と盃を伏せることができるようになった。（ほんまかいな）

その代り、今度はヒトの飲んでるのが気にかかる。よせばよいのに、

「もう、そのへんでおいておかれては、いかがですか」

と忠告し、人々に白けた顔をさせる。他人は白けるだけですむが、亭主にそんなことをいうと、

「このバカ中年女め！」とバリザンボウを浴びせられる。

「ヒトにちょっかい出すところが、正真正銘の更年期症状なのだ！」

しかしまあ、やっぱり締切りがあっても飲みますわねえ。締切りのないときも、それがうれしさに飲んでしまいます。


（『小説現代』一九七六年十二月一日）

ツチノコ酒場

伊丹へ来てさびしいのは、神戸のように、夜、外を出あるいて飲めないことである。何といってもほんのひとにぎりの盛り場なので、神戸みたいに行き当りばったり、港々に女ありという風情《ふぜい》で、ここの路地、かしこのビルの、どのバーにも置瓶があるというわけにまいらない。つまらない。

すでに一軒、愉快な店をみつけてあるが、もう二、三軒開拓しなければいけない。

カモカのおっちゃんが遊びにきたので、これ幸いと連れ立って探訪に出かける。家にゃ安い酒、タダの酒があるというのに、なぜわざわざ外のタカイ酒をのみにゆくのか。

太宰ではないが、義のためである。

「春も弥生というのに肌寒いですな」

「万延元年三月三日には、桜田門外で雪が降ってますから。今は経団連の玄関でフラッシュの雨が降りますが」

伊丹市駅前の盛り場にバーはない。こういうものはたいてい裏通りである。

「片端から入りますか、それとも何か、審美的主張とか文明批評的立場で選択しますか」

「片端から入る方が、義のためではないでしょうか」

てんで、とっかかりから入った。薄暗いバーの中には、男女入り乱れてモゴモゴし、カウンターのあたりのみ明るく、ガラス玉やビニールのピラピラが飾られてあって年中クリスマスのよう。スルメを焼く匂いが漂う。

衝立の中へ坐って、芳村真理サンみたいな女の子に給仕される。

男が奥の方でカラオケで歌っている。それに合せて、ホステスと客が踊っているが、そのホステスのお尻の大きいこと！　私もかなり人後におちないつもりであるが、息も止まるかと思った。おっちゃんは真理サンと早速仲よくグラスをあげて乾盃してる。

衝立が動いたと思ったら、これまた、巨体がゆらぎ出したのであって、今しも入って来た新しい客にその衝立嬢は、

「あら、いらっしゃい。グハハハ」

と笑った。高見山にカーテンをまきつけてロングドレスにした、というような肥満美女。

おっちゃんは愕然《がくぜん》として、

「何かね、ここは特にLLサイズを集めてるということは、ありますか？」

「まさかァ。ククク……」

芳村真理サンに似た美人は、細《ほ》っそりしていいスタイルであるが、水割りをとって、お

つまみをとって、まあよく、そのおつまみをボリボリ召し上る。

一杯ずつ飲んで廻ろう、という討入りなので、それだけで切りあげ。値段はまあまあ、というところ。トイレへいったら水洗便所だが、手を洗うところはどこにもなくて、裏の部屋では派手なこたつぶとんの向うにテレビがついていた。誰が見てるのだろう？

出るなり、となりのバー△△へはいる。このへん、店は舷々相摩《げんげんあいま》すというか、櫛比《しっぴ》しているのである。

ここも同じように薄暗い照明のもと、男女モゴモゴ相擁して、酒を楽しむという高雅清韻《せいいん》のおもむきではない。

やって来たのはまた肥満美女二人、何ですかね、この伊丹というところはよくせき、肥満嗜好があるのだろうか。そうとすると私は体質に合いそうであるが、ハチ切れそうなドレスの、顎《あご》は二重にくびれて胴まわりはヤマタのオロチ、片方はツチノコみたいなのが、

「いただいていいかしら？　アタシも」

「どうぞ、どうぞ」

「水割り、二つ！」

苦みばしったママが、水割りを持ってくると、ヤマタのオロチとツチノコは息もつかせずぐーっと一息にあおって、

「旦那サン、踊らん？」

九州・薩南諸島のナマリである。ここではおっちゃんが、トイレへいった。また勘定を払って出る。値段はまあまあ。水割り四杯分である。

「トイレはどうでした？」

「路地の向うにありました。途中は暗い物置きで、足もとがみえずつんのめりそうになった。ヤマタのオロチが懐中電灯もってついて来てくれたのですが、路地から逃げへんかと思うせいか、ずーっとソバに立ってしゃべっとる」

「水洗便所ですか」

私、わりとトイレの汚ない、きれい、にこだわる気味がある。

そんなん、どうでもいいのであるが。

楽しい店なら、トイレがなくてバケツをそなえてあれば、よいのであるが、しかしやはり、トイレとバーは切っても切れぬ関係がある。トイレへ立ってフトコロを勘定したり、時計をのぞいたり、涙をふいたり、嘔吐《もど》したりしなければいけない。設備完備したトイレであらまほしい。

「水は出たけど、手洗うとこがなかった。それで席へもどるとお絞りくれよんねん」

バーのお絞りって、チャンと洗ってんのかなあ。外へ出るとツチノコ嬢がついて来た。

「もう、シェンエンだけ飲まん？　シェンエンだけ」

こういうナマリでいわれると私は弱いのですなあ。方言というのは、金持でニクニクしいエリート、というイメージはないので、ナマリでたのまれるといやといえない。

ツチノコが熱心に私たちの袖をひっぱってつれていったのは、一軒おいたとなりのバーで、新装開店とかで芋の子洗うようにごった返していた。ツチノコ嬢も中へわりこんで飲んだ。なぜヨソの店の売上に協力するのか、そんなことして店をぬけてたら、さっきの苦みばしったママが怒れへんのかと思って、新装開店の店のママを見ると、これはツチノコ嬢と同郷らしい顔立ち、郷土愛に燃えてツチノコさんは客引きしてたのである。勘定は、数シェンエンである。明夜は向いの通りを探検せねばならない。義によって生きるのは辛いものである。

（『週刊文春』一九七七年三月二十四日）

お酒と私

このあいだ、女流文学者会のあつまりで、お酒の話が出たが、みなさんかなりもう中年になっているので、

「酒量がおちたわ」

ということであった。やはり池田みち子さんあたりがお強いようだが、それでもこの頃は、

「日本酒もちょっと飲むと気分わるくなっちゃって」

とおっしゃっていた。ちょっと、ってどのくらい？　とみんな聞くと、

「三合ばかり」

とのことで、三合じゃ気分わるくなるのは当り前でしょう、とみんな白けてしまう。

三枝和子さんあたりが、いまでは強い方の横綱かもしれない。——私は、いつもお酒のことを書くから酒豪のように思われるが、ほんとの量は少ない。体調や気分や、酒の肴《さかな》により、酒量はちがう。

仕事をもっている最中は、さすがに飲んでもおいしくない。仕上げた晩、しかも体力もまだ残っていて、酒の肴もあり、話相手もあり、外は良夜、というようなときがいちばん酒はおいしい。

といってまた、人生はそればかりとも限らず、明日提出しなければいけない仕事はあるのだが、まあいいでしょう、ちょっと飲んでぐっすりねむって、そうして起きて目がパッチリした時に書き出せば、という気持ちで飲むぬすみ酒のような酒のおいしいこと。

私の酒歴はたかだか十三、四年で、これは、亭主といっしょになってからにつり合う。それまでは女コドモの飲むなるカクテルや、オモチャのような色のついた酒を、洋酒喫茶で飲んでた。

亭主が晩酌をやるので、ちびちびとおつき合いをし、もともと私は、父方母方、酒豪の系統なので（お袋は一滴も、いけないが）たちまち手が上り、日本酒の味をおぼえ、ウイスキーもわるくないと思った。

女は、三十五、六をピークとした前後の年が、女として、いちばん美しい（二十代の美は、まだ未完成である）。酒量も同じで、体力の底ぢからがつく三十代半ばが、いちばんの飲みざかりである。

二十代では、自分の体調がみきわめられないから、往々、無茶をしてしまう。

私は三十代後半から四十代前半にいちばん飲んだ。

四十五すぎて、やや鋒先《ほこさき》がにぶり、ことに日本酒はあとをひきやすくなった。二日酔いは一年に二回ぐらいする。ただ、食事がいつも和食なので、日本酒を飲まないと恰好つかない。一本か一本半ぐらい日本酒を飲んで、あとブランデーかウイスキーの水割り、というぐらいが、昨今の適量である。

そのあとは、また昔に帰って、このごろ、カクテルを楽しんでいる。クレーム・ド・ヴァイオレットなんか買って来て、ジンとレモンでつくるのはふつう「ブルームーン」というカクテルであるが、私はこれに「桐壺《きりつぼ》」という名前をつけた。ここへすこしブランデーの、レミマルあたりを、一、二滴たらすと、濁った琥珀《こはく》色になるが、味は複雑でちょっといける。これは私の命名になる「葵《あおい》の上」である。

そのうち、源氏五十四帖《じょう》の名前がつけられるかもしれない。

カクテルになった、ということは、水割りをガブガブ飲むのに飽いたからだ。一滴ずつ味わえるようになると、ていねいにつくった少しの酒をたのしむことになる。

焼酎のお湯割りもいい。食事によっては紹興酒《しょうこうしゅ》もいい。しかしまあ何しろ、一日としてアルコール気まったくなし、というのはひと月に一日あるかないか。これをしも、深い関係といわずして何でありましょう。

（『野性時代』一九七七年四月一日）

酒徒番附

賞はあんまり関係がないが、数年前、『婦人公論』で「ボーボワール賞」を頂いたことがあった。これは私が、はじめ別居結婚していたので、サルトルとボーボワールにちなんでもらったのである。その年のめざましい活躍をした婦人に、いろんな賞を授けられるのだが、ちょっとひねった、楽しいお遊びの賞なので面白かった。

だが何といっても楽しいのは酒徒番附だ。昭和四十五年の二月、イレブンPMの第二回女流酒徒番附で私は前頭二枚目、テレビ局からピカピカの金色のトロフィーを贈られた。行司の津高和一氏の手から頂いてるところをカメラにじっくりうつされ、藤本義一サンは、番附審査委員として、「あなたは原稿を犠牲にして晩酌に精進され……」と読み上げた。呼び出しは佐々木久子サンであった。このトロフィーは今も燦然《さんぜん》とわが仕事部屋に輝き、人生に於《お》いて仕事と酒とどちらが大切なのか、私にじっくりと示唆するごとくである。私は原稿にゆきづまるとこのトロフィーを見上げ、にんまりしてペンをおくのである。

このときの東の横綱は瀬戸内晴美サン、美空ひばりサン、西は宮城千賀子サン、有馬稲子サンといったところであった。

酒徒番附では、『酒』という本でも、載るようになった。

昭和四十七年には、私は前頭四枚目である。もっと古いのはずっと下に書いてあったか、何年ぐらいから名があったか思い出せない。この年の横綱は西が梶山季之氏で東が立原正秋氏である。陳舜臣サンが私の一枚上で、開高健氏は、私の三枚下である。

これは、こんなことはありえないのであって、私は陳サンと開高サンと講演旅行をしたからよく存じ上げているが、陳サンが酔われたのを見たことがない。いくら召し上っても泰然としておちついてニコニコしていられて、まことに大人の酒であった。そうしてご自分の部屋へ退《さが》られるや、イソイソと仕事をはじめられるのであるから、前頭なんていうもんじゃない。開高サンはまた、朝から召し上り、朝から談論風発である。お二方を拝見していると、私など酒道にいよいよ邁進《まいしん》しないといけないと、今更のごとく意気込みをあらたにする。この年の張出大関は瀬戸内サンであるが、私は不幸にして瀬戸内サンとご一緒したことがない。女流で飲みっぷりのよいのは中山あい子サンに富岡多恵子サン、吉田知子サンといったところである。

翌年は張出小結になり、更に、翌四十九年は大躍進して私は西の関脇になった。わが生涯、特筆すべき大事件であった。

五十年には張出関脇である。『酒』の酒徒番附はこれで終りになったが、神戸の町ではいまも毎年、「神戸酒徒番附」というのが行われていて、東は経済人、西は文化人で、番附が作られる。私は一時、大関を張ったことがあるが、昭和五十二年では張出関脇である。してみると、このへんが私の実力という所だろう。これは赤丸をつけてリレキ書に書くべきであるように思われる。

（『小説現代』一九七八年一月一日）

私の酒と肴

かなり昔に、私は、すしを食べながらビールを飲む人を見て一驚したことがあるが、今やもう、何を見てもおどろかぬようになった。

ブランデーの水割りですしをたべてる人もあるし、ワインでてっちりをやってる人もある。

好き好きだから、どの酒にはどれが、ということはないだろう。そんなことを人に強いてもしかたない。本人が美味しいと思っていればいい。

私はすし屋へはいると、暑いときや咽喉のかわいたときは、まずビールを飲み、それから日本酒である。やはり、ウイスキーやビールでは、すしは食べられない。

家で刺身のときも、日本酒を飲む。十年位前は金盃、それから大関になり、これが長くつづき、今は伊丹へ来たので白雪であるが、私には少し強く感じられるときがある。そこで地酒の大手柄というのを飲む。剣菱は酒屋になくて駅前のショッピングセンターで買うが、大手柄、剣菱、白雪をちゃんぽんに飲む。体調によって味がかわるから、日本酒は微妙である。

鍋物や焼き魚など日本料理を食べるときは日本酒にする。てっちりなど、私はヒレ酒が好きなので、日本酒でないとおさまらない。

日本酒の場合は、ヒレ酒でなくても必らず熱燗にする。

ビフテキのときも、熱い日本酒を飲む。焼き肉屋もそうだし、考えてみると、たいていのものは日本酒にあう。

フランス料理はさすがにワインだが、これがワイン音痴で、味が全然わからない。私にとってワインは、何やら公園の片隅で売ってるイチゴ水《すい》とか、夜店のハッカ水のごとくである。おいしいワインだなあ、と思うと、国産のごくポピュラーな安ワインであったりする。それにワインは咽喉を通りやすく、グビグビという感じで飲んでしまう。そうして悪酔いする。全く田舎者である。

ワインは一ばん、食べものを選択する酒であるように思われる。日本酒をフランス料理で飲んで飲めないことはないが、日本料理でワインは飲めない。カズノコをうっかりつまんでワインを飲んで、七転八倒したことがあった。あんまりヘンな味だったので、泣き出したいくらいだった。

私は大体、日本料理を家でも外でも食べることが多く、そのため、食卓も、椅子は用いてない。どうも膝を折って坐らないと、食事をした気がしない。日本酒をおいしく飲むために食事するような気さえする。

ウイスキーは、わりに日本料理にあうお酒で、鍋ものにはいいようである。ただ、冷たい水割りにするので、トロの刺身など出てくると脂が口中にのこっていけない。

ウイスキーは、頂きものの舶来品のほかは、サントリーのダルマ一辺倒である。スコッチよりも、ダルマがあっさりして舌馴れていて好きだ。スコッチではバランタイン、オールドパーなどは、日本料理にもよく合うように思う。オカラのたいたのや、千切と油揚の煮つけなどを肴に飲んでも、私にはわりに、いけるのである。この「私には」というところが大事で、むろん、人好き好きである。

ただ、肴のいらない酒というのは、ある。

日本酒だけを飲むことは全くないし、また、ウイスキーは、塩豆とか、レーズンバターとかをつまみながら飲むこともできる。

しかしブランデーは、肴は何もいらない。

レミーマルタンをほんの少し水でうすめて、これを食前酒にしている。

この前、きれいな瓶にはいったレミーマルタンを人にもらって、「いつものレミマルとちがうなあ」と飲んでしまった。あとでその人に会って礼をいったら「美味しかったですか」とお愛想にきいてくれた。「うん、いけたよ」と私はいい、「それはよございました」と、おとなしい男なんだ、この人。

あとで物の本をみてたら、レミマルはレミマルでもルイ13世という十万円の酒、私ごとき田舎者に、こんなタカイ酒もってきても国家的規模の濫費だと痛感した。

このレミマルを食前、しみじみ飲み、食欲が出たところで、湯豆腐とかねぎま鍋で日本酒を飲む、食後はまた、肴なしのウイスキー水割り。私のすることは、何でも世間と反対らしい。

中華料理も好きだが、これは紹興酒の熱燗に限る。神戸の「海皇《はいふぁん》」で紹興酒を飲みなれて好きになってしまった。紹興酒はマオタイとちがって、ぶっ倒れる心配もなく、翌日、すっきりしてよい。

焼酎は、これはもう奄美のものに限る。古米と黒糖で作ったあっさりした焼酎がよい。焼酎はチョカに湯と半々に割り入れ、薩摩焼の黒いグイのみで飲む。豚料理のときに合う。奄美の僻村で、蘇鉄味噌を嘗めながら、月の光を浴びて黒糖焼酎を飲んでるのもいい。一週間前、それ、そこのガジュマルの根方にハブがいて、村中総がかりで殺した、などという話を聞きつつ飲むわけである。目前の海は、卑弥乎の使者の船出した海のように光っている。（私は邪馬台国を奄美ではないかと疑っている）奄美焼酎の肴としてはこれ以上のものはないわけである。

（『酒』一九七八年一月一日）

酒の酌

このごろの私は焼酎の湯割りを飲んでいる。

さっぱりしてアトにのこらなくていい。尤も、飲んでいる、といったって、夕食のときには、ということで、食前酒や食後酒はまたちがう。私は雑駁《ざっぱく》な人間なので、まだ、これでないといけない、という趣味はできていない。永久にできない気もする。ウイスキーもブランデーもワインも清酒もそれぞれにおいしく、かつ、それらが全くなくてゴハンとオカズだけでもおいしい。

まだその上に、オカズもなくて、漬物と味噌汁とゴハンだけでもおいしい。何だか、はずかしい。

「飢餓世代、戦中派のせいかしらねえ」

と私はカモカのおっちゃんにきいた。

「それとも主体性がないためかなあ」

私はここまで、という、断固とした歯止めがなくてこまる。それで思い出した、よく、女の人で、お酌を強要されて怒る人がいますね。

あれも、私にはあんまりないんだ。お酌をしろ、と男にいわれて、それが胸のむかつきそうな大きらいな男でも、（まあいいや、酒をつぐぐらい）と思ってついでやる、尤も、いまの年の私なら、そう大きらいな男と酒席を共にしないですむ、はじめからそんな人間とは一緒にならないわがままを通すだろうけれど。

「お酒の酌をさせられるのをいやがるのは、若い、潔癖なオナゴに多いでしょう」

とおっちゃんはいった。

「おせいさんぐらいのツラの皮千枚ばりという中年女になんか、酌をたのむ男は、もともと居りまへんやろ」

「しかし私は、若い頃、会社づとめもして、社員旅行なんかでお酌させられた。自分からすすんでやらないけど、ついでくれ、といわれれば、ついであげましたよ」

「それは感覚が鈍重なんですな。若いオナゴは、男に酌をする、というのは操《みさお》を捧げるくらいに思うてるかもしれん」

「へーん。なんで酌が操に通ずるんですか」

「つまりですな、気に染まぬ・いやらしい・胸のむかつきそうな・大きらいな・おぞましい・むさくるしい・むくつけき男に酌をするということは、第一段階の抵抗を放棄した、ということに通ずる」

「なにを大げさな」

「その男の言うまま気ままになることですからな。酌をしろ、といわれて、いわれるままに酌をすると次に、歌え！　とくる」

「歌ったらいいでしょう。あたいだったら歌うわよ。『瀬戸の花嫁』でも『東京だヨおっ母《か》さん』でも『すみだ川』でも歌っちゃうよ。高橋孟《たかはしもう》さんがいなくたって、一人でセリフも入れちゃうよ」

「ええかげんにせい。若い、ごくふつうのオナゴは、おせいさんみたいに厚顔無恥ではない。歌え、といわれて歌えるか。歌えの次は舞え！　とくるにきまってる」

「舞ったらいいでしょう。あたいなら、阿波踊りをやらかすよ」

「あほ。酌をしろの、歌えの、舞えの、といわれて、オナゴのプライドにかけてもその通り、いうこと諾《き》いてられるかッと思うのが、純真なオナゴはんの、ごくオーソドックスな、うぶな反撥。いわれるままに、歌ったり舞《も》うたりするのは、白拍子《しらびょうし》じゃ」

「静御前《しずかごぜん》が頼朝の前で舞ったみたいだね。内心は、煮えくり返ってたやろうなあ。『草燃える』や無《の》うて『肝《きも》煮える』やね」

「舞え！　の次は、寝ろ！　とくる」

「そこへ来ますか」

「くるであろう、と若きオナゴは想像するであろう」

「女の子は空想力がたくましいからなあ」

「そこまでちゃんと見通してる。そやから、男に酌をするのは生理的に嫌悪を感じるのやないかなあ」

と、おっちゃんはしたり顔である。

「つまり、酌を拒否するのは、男社会における最後の防波堤というか。若きオナゴはんらは、その一線をなしくずしにすると、ずるずるに、男性文化に屈伏すると思って、踏みとどまってるのにちがいない」

さすがはおっちゃん、女性文化の擁護推進派だけのことはある。そういってほめたら、

「いや、本音をいうと、そういう潔癖純粋な若い女の子にむりやりにお酌させてみたい、というのが中年男の夢ですなあ」

とにんまり笑って馬脚をあらわす。

「いやです、おっちゃんなんかに、お酌するなんて、けがらわしい、という女の子の手首を握って、まあ、そう言わんと、一ぱいだけでもついで下さいよ、とむりやり強要する、女の子は、キャー、あれえ、かんにん、なんていうのを引き寄せまして」

「何か、悪旗本と町娘みたいやなあ。そこへ、次の間のフスマを開けて、佐藤愛子おねえさまなんかがたちあらわれ、おっちゃん、悪ふざけもほどほどにしなさい、とたしなめたら、おっちゃんどうする」

「しかたない、一人で手酌でついで飲む」

「なんで手酌で。片方からあたいが、片方から、愛子おねえさまがついであげるやないの」

「いや、ご好意はまことにかたじけないが、男というものは、じつにアマノジャクなものでありましてなあ。いやがるのをむりにつがせるのはよいが、向うから、ついであげる、といわれると、気がすすみまへん」

「なんでやの、あたいだったら、お酌もするし、歌もうたい、舞いもするわよ。べつに何したって、どうってことないし、それで男がよろこぶんなら、女のプライドがどうのこうの、とカタいことといわなくたって、何だってやりますよ。お酌と操はべつに関係ないんやもん」

「それ、そういう風にいけずうずうしく、国境線のない女なんか、あんまり男は好かんのですわ。好かんタイプにいくら親切にされても嬉しゅうない」

おっちゃんは切なさそうに半泣きのていである。


（『週刊文春』一九七九年一月二十五日）

辛い酒

夕方になってお酒を飲む、そのときにかけるレコードは、もうこれは誰がなんといってもクラシックはダメ、殺されたってモーツァルトやベートーベンはきけない。それからガチャガチャしたロックもダメ、若い子の弾《ひ》き語り風なレコードもわりにマメに買うのですが、お酒を飲む場ではきけませんなあ。

タカラヅカの主題歌集てなレコードも、だしものが変るたびに買うが、これははじめは、

「こんなもんで、酒、飲めるかッ」

と思うが、ふしぎに、何べんもきいているうちに、じっくりと耳にはいって酒がうまい、要するに浮世ばなれてるところが、酒にあうのであろう。

しかし何といっても、演歌、艶歌がいちばんいい、大川栄策やら三橋美智也（ミッチーではないほう）、黒木憲てのもいいんですよ。森進一、細川たかし、五木ひろし、女は加藤登紀子さんのレコードが、酒がおいしいな。芸能週刊誌なんかみてると、誰ソレはヒットがない、誰ソレは鳴かずとばずだなんてよく書いてあるが、それがせいぜい半年や一年

の話、あんまりせわしくみみっちいので、あほらしいようなものだ。私は気が長いとも思わないのだが、そういうこせこせしたのはビックリしてしまう。私なんか二十年、三十年前の歌でいまでも好きなのが多いから。

　島倉千代子さんのレコードも、すりへるぐらいかけ、これはかけてると、老いの身も忘れて歌い出したくなるから、飲んでる時間が長くなって困るのだ。森進一のレコードもよく買わせて頂きました。

「そういうたら、なんで森進一はこのごろ出えへんのですかね」

と、カモカのおっちゃんも、森進一のファンだそう、私もよく知らないのだが、

「ナベプロとび出したんで、干されてる、というウワサがありますね」

「なんでとび出した」

「そりゃ、とび出す理由があったんでしょ、何もないのにとび出すわけはない」

「ではナベプロの意に反してとび出したから干された、というのか、けしからんやないか、昔の五社協定みたいなことすな、ナベプロは日本文化こわすつもりか！」

　おっちゃん、突然怒り出した。この御仁《ごじん》、怒るときは前触れなく怒るのだ。

「ナベプロにそんな権利あんのか、森進一、早よ出てこい、ファン待っとんぞ、森進一の歌ききたい、いう奴は沢山《ようけ》おる、レコード買いまくっとんぞ、早よ出てこい、そんなかわいそうなこと、あるかッ！」

怒りつつ飲む酒もうまい。いまは、日本酒のお冷や。原酒をロックで飲んでおるのであります。レコードに堪能すると、テレビをつけてみる、オーヤ、NHKでは女性アナウンサーが政治ニュースをしゃべっている、そうだ、女性が政治ニュースをしゃべり、男性アナが家事教育婦人ニュースをしゃべったらいいのだ、こりゃ斬新な感覚だぞう。

俵孝太郎おじさまあたりが「今日のお献立ヒント。しぎやきナスビの冷たいのをどうぞ」なんていいんじゃないかしら。それにしてもNHKはいい女性アナを持ってるなあ。何やかや、いっても、NHKというのは、よくやるよ。

中年女性の声というのは、甲高《かん》からず低すぎず、おちついているので、政治ニュースなんか聞くのにうってつけであろう。私はニュース番組愛好者であるから、ニュースはわりに見る、毎日放送の小池アナのファンなのであります。この人は天下国家という気負いがなくて淡々としているところがいい。いや、中年っぷりがいい、というのか、ニュース見ながらでもお酒をのんでますから、あまりイキッてるのや、余裕のない人が出てくると、こちらは身のふりかたにこまってしまう。私は午前午後と仕事して、六時からはお酒(六時以後、仕事の電話しないでね)、夜は仕事をしない。すると何をしていいか分らない、お酒を飲むほか、思いつかない。

たとえば、新聞に「生き別れた者の記録」(朝日54・6・13)日中肉親捜し、なんてのが載っていて、終戦のどさくさに中国にとめおかれた、あるいはもらわれた、あるいは捨てられた、あるいははぐれた日本人の子供たちが、もう中年男女になって肉親を捜している顔写真と記事がある。幼年時代のおぼろな記憶を彼ら彼女らは語る、もう辛くてよんでいられない。こんなのを見てしまうと、われらの世代は、酒でも飲んで鬱を散じないと、どこへこのやるせなさを持っていっていいのかわからない。開拓団の子供たちが多い。「赤いげたをはいていた」「女の子の服を着せられて中国人にもらわれていった」などというのが彼らの唯一つの記憶だったりする。あるいは読売新聞大阪社会部が長いこと戦争の特集をやっていて、毎夏、戦争展を開いている、その記録が『戦争記念館』という本にまとまっている、こういうのを見ると涙が出て、もうシラフではいられない。我々は子供ではないから、家庭内暴力や自殺で大人に甘えることもできない、じっと一人で堪えるのみ、辛いなあ。

ねえ、お酒でも飲まなきゃ、しかたないでしょ、おっちゃん。

「いや、酒もよいが、そういう辛いときは、べつのこと、たとえば、つねづねふしぎに思ってることを考えるのもよい」

とカモカのおっちゃんがいった。

「たとえば日本の女は、お辞儀のとき、上体を深く曲げるが、この際、両手はおのずと前へいく。あの手は何の意味でしょう」

「さあ。なんの意味なのか、分りませんが、しかしまあ、両手を体の側面につけたままお辞儀する女の人は、いませんでしょう。男の人や軍人はともかく」

「あれは外人女はやらんようだ。日本女の両手の持っていき所は、僕の思うに×××を押えて人目を恥じらっているかに見える。つつましくてよろしなあ」

あほらしくなって、よけいまた、飲む。


（『週刊文春』一九七九年六月二十八日）

夏休みの酒

チビ筆をあたらしい筆にあらためまして、再びお目にかかります。こんどの題、芋たこ長電話というのは女の好むなるもの、というつもりでつけているが、まあ古来からは、「芋・たこ・なんきん・芝居」が女の好物といわれていた。しかしこの頃は美容上の心くばりからか、芋やなんきんを召し上らない女性が多い。

ウチへあそびにくる若い女性も、おおむねそうである。芋、なんきん、豆類、めん類、御飯、そういうもの一切、オハシでちょいちょい、とお取りのけあそばす。

なんという勿体《もったい》ない……。ジャガ芋はフライ、粉ふき、煮つけ、コロッケ、サラダ、はてはちょっと電子レンジに入れてホッカリしたところをバターを落して食べるという、いろいろ美味なるたべ方があるのに。さつま芋のふかしたのや焼いたのはふつうの食べ方で、お菓子にも使ったりするが、大阪風惣菜《そうざい》の一つとして、青葱《あおねぎ》と醤油《しょうゆ》味で煮つけるのがあり、オカズにすると美味《おい》しい。

なんきんを、ほくほく、しっとりと煮つけたヤツの旨《うま》みときたら。

更にまた、私は大阪育ちだから、うどんのないこの世は考えられない、待った、御飯がなくては生きられない、御飯がきらいでは生きる資格はない、というくらいのもの。

御飯を肴《さかな》に、お酒を飲む、っていうやりかた、知ってますか？

カモカのおっちゃんは、赤飯を肴に酒を飲む、なんてことをやらかす御仁《ごじん》なんだ。それを見ならって、ゴハンを肴に飲んでみると、（ゴハンに胡麻塩なんかかけて）わるくない。

米を固型と液体で摂取してるわけ、うーむ、こりゃ太るぞう。

しかしながら、さる真砂《まさご》町の先生がのたまわく、

「君、モノが食えるあいだは、欲しいだけ食ったり飲んだりしたらいいんだよ、いまに美酒佳肴《かこう》を前にしても、さして欲しくない、食いたくもなし飲む気もおこらぬ、というようになるんだからね」

イヤー、そら、ウチかなわん。

まだ残《のこ》んの健康（色香といえないところが悲しい）が少しばかりでもあるうちに、うーんとたべ、うーんと飲んでおこう。

てんで、このあいだ、田舎へゆき、その地の友人たちと会食してきた。やっととれた、二泊三日の私の夏休みである。

（阿波おどりは例年恒例の神聖な行事だから、休暇にはならない）

山奥の渓谷沿いの部落、いずれも同じ年頃の中年男性たちが待っていてくれて、天然の

ウナギや鮎《あゆ》を焼いてくれる。川べりの青い楓《かえで》を一枝折って、大皿の上に敷き、焼き立ての鮎をぼんぼん並べてゆく。

谷川でウナギを割《さ》き、特製の山椒すりこみのタレで以て焼き上げる。

天然のウナギは皮がやわらかく、身がひきしまっていて美味しい。

私がビックリしたのは、「う酒」。

「うぞうすい」という、ウナギ入りの雑炊《ぞうすい》は、京都の名物だが、この渓谷のたくましい中年男たちは、ウナギを熱燗《あつかん》に入れて飲む習わしがあるのだ。

天然ウナギだからこそ、できるのだろう。

どんぶり鉢に焼きたてウナギを一きれ二きれ、熱燗をそそいで、タレを少し入れて味加減し、箸《はし》でウナギをつついてつぶす。ウナギの滋養が熱い酒ににじみ出し、こんなのを飲むと、やはり日本酒はいいなあ、ということになる。

そいつを一座、まわし飲み。

私に順番がまわってきた。

熱い、コクのあるスープといったおもむきで、しかもくどくなく、脂《あぶら》くさくない。酒の味がひときわ濃く、まったりしたというもの、一口飲んで、

「うーん」

といって次へ廻すと、またその男も、

「うーん、うまい」

と次へまわす、この香ばしさはちょっとほかに、たとえようもないもの。

どんぶり酒が何べんもつくられて座をまわる、女は私一人だが、大江山の女酒呑童子《しゅてんどうじ》というところである。

「どうせ書く物も色けないねんから、男みたいなもんや、名前もよみ方変えて、田辺セイシとしたらどないです、あんた」

なんて、いわれてしまう。

「同じことなら、精子の字にしたほうがええのんとちがうけ」

「ほんなら、僕は卵子という名前にしますか」

とカモカのおっちゃんはいった。

「中年亭精子・中年亭卵子の漫才コンビでいったらどないや」

「卵子のおっちゃん」

阿呆なことをいっているあいだ、なおも、「う酒」はどんどんまわる。渓流のせせらぎ、ふさふさと繁った青楓と、ケヤキの大木、藤の蔓《つる》がやたら延びて、青空に白い雲がちぎれとぶという、休暇はかくあるべし、という見本みたいな休暇になった。

「う酒」と共に、川風の涼しさが身心のご馳走《ちそう》である。

「ちゃう、ちゃう、一番のご馳走はやはり、男と女、こないして入れまじり、そばに居ることですな」

　とカモカのおっちゃんはいう、

「何もせんでええ、男のそばに女が、女のそばに男がおるだけでええ、これこそ人間の身心にとって最上のご馳走、最高の健康。手をにぎり合うなら、それも更によし、もっと進むなら更によし、いや、ただ、みんなでこないして酒飲んでしゃべくるだけでよろしいねん。男女が入れまじり一緒に居る、というのがいちばん自然な色けなんですな、これやらへんかったら、水気ぬけてしぼんで、枯れまっせ」

「植木みたいなものね」

「人間も草木といっしょや」

　折しも、新聞には「中年の自殺、ヤング抜く」（8・22朝日夕刊）とある、悩み多き四、五十代の中年諸氏、がんばってえ！


（『週刊文春』一九七九年九月六日）

お酒のアテ

私はすこしガックリしているのである。

なぜといって、きのう（二月十一日）で、宝塚の「新源氏物語」が終ってしまったのだもーん。

何だか急に人生の張りがなくなり、淋しくなってしまった。編集者の方々はたぶん、ホッとなさっただろうけど。

というのは、私はいつも、

「ア、ダメ、今日はこれから宝塚へいかんならんから、書かれへん」

とか、

「えっ、そんな約束した？」

なんていって、編集者の方々を青くならせていたのである。私の机の前の壁には、仕事の予定表が張ってあるが、今年は正月の元日から「宝塚予定表」というのがその上にピンでとめてあるから、下の仕事の予定はかくれてしまった。ヒドいことになったものである。

千秋楽の前の日に、とうとう私は「源氏学者」の清水好子先生やら司馬遼太郎氏までひっぱり出した。司馬サンはしぶしぶでも、やってこられる。このへんが関西ニンゲンのゆかいな所である。終りまでごらんになって、

「うーむ。こら、すごいわ。よかったワ」

と感心されていて、私は嬉しくってたまらない。源氏学の泰斗ともいうべき、清水好子先生にいたってはプロローグ、目のさめるように美しい榛名由梨サンの源氏が現われると、先生の昂奮は極度に達して、ぎゅっと隣席の私の手を握られ、

「ゆるします、この光源氏やったら、私、ゆるします！　なんてまあ、美しいんでしょう、ほんとに！」

と涙ぐまんばかり叫ばれて、これも楽しかった。かねて先生には光源氏のイメージが強烈で、お芝居でもテレビでも「ゆるせません」というのが多かったらしい。

千秋楽の日は、坂井兵庫県知事まで来ていられて、

「上原まりサンがこの舞台で退団なさるので……」

と花束なんか提《さ》げていられて、そういえば上原まり《ヨーコちゃん》は神戸っ子だったっけ、筑前琵琶の柴田旭堂さんのお嬢さんである。ヨーコちゃんを応援しようと知事さんまで観にくるのが、神戸の町の面白いトコで宝塚のゆかいなトコである。

でもとにかく「新源氏」は司馬さんはじめ中年男性に「うーむ、おもしろかった、ヨカ

ッタヨカッタ」といってもらったので、原作者としては大満足、満足をアテにお酒を飲む、これがいちばんいい。アテというのは肴のこと、

「しかし、いつもご満悦なさって、おせいさんというのは、やりやすい人だあ」

と嗤う友人もいるが、でも酒のアテとしては宝塚のあれこれ、主題歌のレコードなんか聞くのがいちばんお酒が美味しいもので……。

「僕ら、TVニュースをアテに飲みますな」

という中年男もいるけど、ブン屋さんやテレビ屋さんなら、仕事の必要ということもあろうけど、われわれは、それで以て飲めない。

ニュースはシラフのときなら見ていられるけど、お酒飲んでるときに、見聞きできないでしょ。たきたてゴハンを明太子《めんたいこ》で食べてるとき、とか、こちやハゲのちりでいっぱいやってるときとか、うどんすきの美味しいダシが煮えかえって、「ホラホラ、うどんがのびたらいけないから早く引きあげて」なんていってるときに、

「三つの幼児をせっかんして殺した実の父親とその愛人」

だとか、

「焼跡から母子の焼死体発見」

だとか、むごいこと、あわれなことは、もう辛くて、いやだから、それは、朝になってから見る。下水がつまって、などという汚いのも夜はダメ。政治。政治がまた腹立って、

こういうのを聞いて酒は飲めない。徴兵制なんて本気に制服側は考えてるのかなあ、なんでそういう古風なことしか考えられないのか、防衛問題なんてものはアナタ、私、戦後三十年生き延びてじーっと考えたんだけど、要するに緊張関係になると、ひょいとかわし、口巧くなだめすかし、要するにヨソの国と自分の国を、

「だましだまし」

もっていくことにつきるのではないか、ト。兵隊さんをふやしたからこれで大丈夫というもんではないでしょう、ト。あれこれ考えると、肝が煮えてしまって、酒がまずくなる。

「だましだましもっていく」才能がないから先走りするのにきまってる。

新聞よみながら酒を飲む、という人もあるが、私は老眼鏡がないともうよめない、飲んでると熱燗の湯気で眼鏡がくもる。眼鏡をかけないでよむと、とんちんかんなよみ方になってしまう。この間は「電車を活け……」とあるので何だろうとよくよく見たら、

「霞草《かすみそう》を活け」

の見まちがいだった。「タヌ狐」というのが出て来て、「おや、タヌキとキツネの合の子ができたのか」と思って、よくよく見たらば「メス狐」のことだった。もう眼鏡がないと、まっとうに新聞なんかよめない。

それじゃによって、大きい見出しだけですませる、ということもでき、案外、見えないと便利な点もある。

よく見える目をしていると、よまないでいいところまで目に入って来て、心をかき乱されるという不利なところもある。

「しかしニュースにはいいニュースもあるでしょう、心暖まるというか、善意のニュースが」

という人もあるが、あ、これもキライ、心暖まる、とか美談はいやみで飲めない。

「何でも反対する。やはりカモカのおっちゃんに傾向が似てきましたな」

と人はニガニガしくいうが、宝塚のこと以外には、やたら不快なことが多すぎる世の中だからであろう。

（『週刊文春』一九八一年二月二十六日）

私と日本酒

このところ酒量は落ちたけれど、相変わらず飲《や》っています。家（伊丹市）と外と半々ぐらいかな。私はどうも料亭やクラブは苦手で、近くの駅前にある焼き鳥屋とかおでん屋さんへ足が向いてしまうんですよ。

日本酒のいいところは、いろいろ変化が楽しめるということ。タマゴ酒はやらないけど、冬のひれ酒なんか最高ですね。このごろはオンザロックだ、冷《ひ》やがいい……という人も少なくないけど、お酒はやっぱり熱燗《あつかん》が一番ですね。私は真夏でも燗をしてるんですよ。

日本酒の楽しみのひとつは、器《うつわ》ですね。おちょこひとつみても「きのうはグイ呑《の》みやったから、きょうはコップにしよか」なんて、そのときどきの雰囲気や気分に合わせて工夫できるでしょ。飲む準備をするころから、気持ちがはずんでくるんですね。

私はこのごろは小さめの盃《さかずき》が多くなりました。手酌も気楽でいいけど、日本酒のときは〝さしつ、さされつ〟の往復が楽しいんですよ。そうなると、どうしても小さい方が……ね。

もちろん、日本酒には和食ですね。刺身なんかは絶対。私は、あえもの、酢のものが大好物なんだけど、これも日本酒がぴったりでしょ。外で食べる焼き鳥、おでんなんかも、やはり熱燗じゃないとサマにならない。焼き鳥のタレなんて、お酒に合うように見事に工夫してますね。「お好み焼きにはビール」なんて言われてるけど、そんな定説は無視して私はお酒でつきあってしまうんですよ。これから冬にかけての鍋ものとなると、相手はもう日本酒しかない感じ。おちょこを傾けながら、鍋やきうどんを平らげたこともあるんですよ。

私が日本酒になじむようになったのは神戸に住んでからのこと。地元・灘五郷の銘柄につぎつぎと親しませてもらいました。当然いろいろと耳学問も重ねて、いっぱしの日本酒通になったわけです。あの〝お酒を宮水でつくる〟という発想に興味をひかれ、ついには灘の酒造家の若奥さんを主人公にした小説「女の日時計」まで書いたんですからね。私の酒を育ててくれたのは「灘五郷」ということになるかもしれません。

私は文壇の付きあい酒には顔を出さないし、ひとりで招かれてもほとんど欠席です。それよりも、町の小さな店で、肩寄せあって飲んでる方がいい。だいたい同年輩の人と一緒のことが多かったのですが、近ごろは仕事を持ってる若い女の子と盃を交わすことも好きになりました。日ごと職場でしんどい思いをしている体験を聞くうち話がどんどん発展していったりして、お酒も新鮮なはずみ方をします。

家では、もちろん〝おっちゃん〟相手。まぁ、人間、トシをとると、相手を選んで付きあうようになるもんですね。お酒も、人間も――。

（談、「広告シリーズ日本酒賛歌」『朝日新聞』一九八二年九月二十九日夕刊）

夜の母子草《ははこぐさ》

郊外の町の盛り場の飲み屋は、連休などというとタイヘンなことである。

とにかく、子供がいっぱい。

私は、子供というのは、お父ちゃんお母ちゃんに連れられてチェーンのファミリーレストランとか、デパートの食堂とか、うどん屋とか、国鉄の駅の日本食堂とか、などへいってるものと思っていた。また、「小僧寿し」で、丸い大ケースに入った「パーティーずし」と称するものを買ってもらうとか、「マクドナルド」のハンバーガー、「ケンタッキーフライドチキン」なんかでバスケット入りの山盛りを母と子が抱えて、嬉しそうにイソイソと家路へ、というのを想像してた。

しかし現代は、子供たちは平気で飲み屋へ親とはいってくるのだ。

あるいは縄ノレンなんかくぐり、

「オトーチャン」

などと呼ばわって人おじせず、はいってくる。

私はこのあいだ、その縄ノレンにいましたね。ある人から「麻雀入門」という本を教えられて買ったけど、まだ読破してない、読んだら麻雀をやれるようになるだろうか、麻雀ぐらいやらな、あきまへんデ、といわれて一念発起しておぼえようとしたのだけど、考えてみると、女の人はどこでおぼえるのだろう。

男の人がおぼえるというのは、友人同士で教え合うのだろうか、高校大学と先生にこと欠かぬようである。そういえば、碁・将棋は、男の子はたいてい父親とか叔父サン、お祖父チャンに教わったりして、小学三、四年から石や駒を握ってるが、これも女の子は、教わる機会は少い。女の子に教えるとのめり込むせいだろうか、女のアルコール依存症をつくらぬヒケツは、妻に晩酌の相手をさせぬこと、という意見があったが、どうも女の一生で、碁・将棋、麻雀を教わるチャンスは少いようである、そんなわけでバクチも賭事もしない私は飲みにゆくしか、手はないのだ。

すると、そこへ、「オトーチャン」と呼ばわり、子供が三人ばかり入って来た。小学三年ぐらいの男の子、その下、五つ六つ、下が二つ三つという女の子。てんでに絵本やプラモデルの箱を抱えてる。その子供たちのうしろから、

「あんたー。まだいてるのん？」

とちぢれ気味のパーマをかけた妻とおぼしき女性。察するに父は飲み屋に、母と子は実質的な食堂で食べてきたらしいあんばいだが、

「まあ、坐りいな」

と三十八、九の「オトーチャン」はいい、子供たちは一人ずつ止まり木へはいあがり、片方の端にちぢれ妻が坐って、小さい飲み屋を半分占領する。何か食べるか、とオトーチャンは聞くが、飲み屋に子供の食べるものがあるはずないから、「ボク、カマボコ」「オニギリ」喧騒なることいわんかたなし、オトーチャンは離れたちぢれ妻に、徳利を振ってみせ、「オイ、どないや」「あたしも一本、もらおかな、山芋たんざくなんかで」

　そのうち小三と五つ六つがプラモデルの箱をあけて、とり出したる中身のいろいろ、

「そんなん、ウチでしなさい、ウチで！」

　下の娘はちぢれ妻に、

「オカーサン。本読んでェ」

　私の小さいときは、オトナの飲んでる場所は外人租界のようであった。父がそこにいることがわかっても、のぞくことも怖くて出来ない。

　そこは何やら、あやかしにみちた雰囲気である。子供の見たことのないモノ、かいだこともない匂いがただよい、居並ぶオジサンは日灼《や》けか酒の酔いか赤銅色《しゃくどういろ》をしていて挙措《きょそ》動作が荒々しい。赤提灯の露地やら、縄ノレンの横丁には、子供は足をふみ入れたこともなかったものであるが、いまは平気で「オトーチャン」とはいってきて止まり木によじのぼり、オニギリを作ってもらって食べつつ、プラモデルを取り合いするのである。子供も

恐れを知らないが、親も恐れを知らぬものである。一軒だけかと思ってたら、次の日曜に小料理屋へいったら、先客の中に、二人の子連れの三十代ぐらいのメガネ女がいた。小学五、六年の女の子と三、四年の男の子をカウンター前に坐らせ、自分は徳利を三、四本並べて、土びんむしなんかで飲んでる、子供たちの前には食べ散らした皿や割箸があり、女の子は『週刊マーガレット』など読んでいて、男の子のほうは、これはよく外へ出ていくのだ。

オカーサンにお金をもらっては、ガラガラと飲み屋の戸をあけて出ていき、何か買ってくるらしい、また走って帰ってきて、ガラガラと入って来、カウンター前に坐って、買ってきたチョコボールだかビスケットだか食べて貧乏ゆすりする。もう、切なくて飲んでられない。夜の八時台にゃ子供はウチにいるもんだ！　しかしくだんの三十メガネが、徳利のしずくを切って、お猪口《ちょこ》についだので、（もう帰るのだろうか）と私はホッとして、腰をおちつける気になった。

と、三十メガネはゆうゆうとおちついて、

「一本おかわり、つけて」

といい、あろうことか、そこへ、大皿にタイの骨《こつ》むしなんか出て来て、「お待ち遠！」

三十メガネは子供たちをよびあつめ、

「さー、早よ食べなさい」

と三人で大皿の魚をせせるも悲しき母子草、私はぶちのめされて、酒もノドを通らず、すごすごと店を出てきたのであった。

ナンデ夜の飲み屋にまで子供がのさばるのや、怖いものなしのちぢれ妻、三十メガネ、いやや、女性も大いに飲み屋に来てほしいけど子供はおいて出てほしい、子供天国の日本なんて大キライ！

「なにをいうてるのや、そういう阿鼻叫喚《あびきょうかん》の中でじっくり、見ざる聞かざるで飲んでこそ、大達人の酒。どうせ、どんどん、そんな世の中になっていくのやから、今から修行しなはれ、せやないと、時勢についていけまへんデ」

とカモカのおっちゃんの弁。

（『週刊文春』一九八二年十月二十一日）

酒の店について

お酒を飲む店に、私はより好みがはげしい。

人にいい、とすすめられていった店でも、私にとって波長が合わないこともあり、まったく人それぞれとしか、いいようがない。

料理はおいしいが、店主の人柄と合わないということもあり、そうなるとお酒までまずくなってしまう。人柄がいい悪い、というのではない、ただただ、波長、相性の問題であろう。若いときは、こういうものかと思っているから、波長の合わない店でも、強いて腰をおちつけていたが、もうこの年では、少々お料理が二番手でも、気分のいい店がいい。

東京によくある、指図がましい、高飛車なすし屋なんか、私の最も困惑するところである。どんなにおいしい店でも、二度といく気がしない。そんな店よりは、二番手の店で、人のいい主人がいるほうがいい。人がいいから私が、

「ゴハンは少なく握って。そうそう、そのくらい……」

などと注文をつけても、ハイハイ、ときいてくれる。こういう店で飲むお酒は旨い。

また、店というものはむつかしいもので、店主の人柄もよく、料理も酒もおいしいのに、相客がわるい、というのもよくある。わるい、といってもべつに暴力団が来るとか、そういうのではない。ちゃんとしたサラリーマンたちなのだが、このサラリーマンがくせものなのだ。十人くらいでいっぱいになるような小店に、同じ会社のものがずらりと陣どり、ほかの客は隅っこで小さくなる。傍若無人に仕事の話を交し、まるで自分の会社以外の世界はない、と思っているようす、そのうち一人が電話をかけたと思うと、

「オイ、○○も××も来る、いうてるぞ……」

まだこの上呼ぶつもりかいな。

「詰めたらはいれるやろ」

などといって社員食堂みたいになってしまう。しかもしゃべるばかりで、ろくにモノも食べず、男もたいてい長っ尻が多くなった。

店側としては、塩を撒きたいんじゃないかというような客がいる。こんな社員食堂で飲んでいられない。それに、男って、なんでああも大声なのであろうか。

子供のくる店もダメ。

犬をつれてくる客のいるすし屋もダメ。

こうなると私のゆく店は限られてしまう。好もしい店の人と、好もしい相客と、好もしい料理と。

三拍子そろってないといけない。

ところがふしぎなもので、サラリーマンのいく店より、地もとの兄《あん》ちゃんや、自営業のオッサンたちがやってくる縄のれんなんかのほうに、好もしい店があったりする。彼らはサラリーマンのように、一店全部、同じ社員が独占するというようなことはしない。しかも声高に、

「五百万の経費けちって、二億の儲けをフイにしよった、ウチの会社もアホがそろとる」

などといったりしない。縄のれんでは競馬競輪などのことをしゃべってるみたいだが、さして声高でもない、たまに高校野球や巨人のワルクチになると一店中が、ワイワイガヤガヤとなるが、それとても快い昂揚というもの、たまに、

「ごぼ天！　大根！」

と注文する声やら、

「とり葱！　タレで」

というのやら、そのあいまに笑い声、こういうところで静かに飲むお酒はおいしいのである。割りこむときも縄のれん諸氏の方が、

「よろしおまっか」

と聞いたりして、相客マナーというのがいい。大企業のサラリーマン氏は、一人でいるとおとなしいが、群れると態度がデカくなっていけない。そうして、それらインテリ顔の

諸氏ほど、女にはえらそうにするようである。

このあいだも、上品な小料理屋で、私はそこの雰囲気が好きだったのだが、いつもサラリーマンでいっぱい、たまたまその日、私は客たちのまん中にいた。すると両横の男が肘でぐいぐいと自分の領域をひろげるのだ。私は、ついにはみ出されてしまった。女が一人で飲んでいると目ざわりなのであるらしい。

こういう意地わるは、縄のれんの店などには絶えてない。

突っかけをはいてジャンパー姿の兄ちゃんなんかのほうがよっぽど親切で、私に、

「よろしおまっか」

とことわって椅子を引くのである。たまに近くのバーのママさんなんかも、店がハネてから来たりする。

「ひまーッ！　今日はひまやった」

なんていいつつ、ひとりで徳利をかたむけたり、している。そういう店では、大根おろしとなめこだけでも、お酒がすすむ。

せめてお酒を飲むときは浮世の苦労を忘れたらいい、と思うのだ。二億損したの、何のと、あほらしいことだと思うのだが、まあそれも酒の肴なのであろう。しかし相客もまた、酒の肴の一種であってみれば、ヘンな相客のいるところは、敬遠したくなるのだ。

（『四季の味特選――地酒と肴』一九八三年一月一日）

きさらぎ酒場

居《きょ》は気をうつすというが、とりあえず、いきつけの店もうつる。私は引っ越し先の近くの赤提灯をさがす。もとの所から一駅ちがうだけだが、それでも趣きがかわり、このへんの赤提灯の店には焼酎が多種おいてある。米・芋・そば・麦の焼酎は飲んだが、にんじん焼酎、ごま焼酎なども、「置き焼酎」の中にあるらしい。

若い人たちに愛好者が多いようだ。若者らが集って焼酎を傾けつつ、

〽民衆の酒焼酎は　安くて早く酔える……

などと歌っている。

〽ウイスキーは　高すぎる
　ビールなら　早くさめる
　民衆の酒焼酎は　安くて早く酔える……

私は店内の喧騒に負けじと声はりあげて、

「いかの塩辛！　厚あげの焼いたん！」

などと注文するのであります。おでんは、コロ、ひろうず、こんにゃく。でも私は「老松」の「初しぼり」なんかで飲んでる。それにしても、私が〽民衆の旗赤旗は……と歌ってたときは茫々三十何年も昔のことになってしまった。私だってこれを歌ったときもあるのだ。ヘンに端境期《はざかいき》の青春だったが、終戦後の共産党はピンクの夢色に光りかがやいていた。

獄中十八年の徳球サンや志賀義雄サンが出獄してきて、野坂サンが（昭如サンのほうではなく、参三サンのほうである）亡命十六年ぶりに延安から帰ってきて……歓迎国民大会には三万の大衆が集まった。病床の河上肇サンは「同志野坂、新たに帰る。正に是れ百万の援兵」と嬉し涙にくれたという。私は終戦の翌年、生れてはじめてメーデーを見た。これは十年ぶりの復活メーデーだったというが、その当時十八の私はそんなことは知らん、ただもう赤旗の波と〽聞け万国の労働者……という津波のような歌声にビックリしていた。このメロディは運動会の行進曲だとばかり思っていたから……。

共産党は当時の若者にはピカピカお星さまだったのだ。〽民衆の旗赤旗は……と歌うとき、若者の血はたぎった。

「それはおまへんでしたな。僕ら、ほんのちょっと上の世代では」

とカモカのおっちゃんは、いつもかわらぬ平気な声。

いったい、おっちゃんは「胸がたぎる」という思いをしたことなど、あるのだろうか。

「あります。戦争中の学生時代、農家へ手伝いにいってドンブリ飯《めし》出されたとき。町ではもう食うもんあれへん。下宿で出るのは芋のふかしたんと薄い団子汁ばかり。そういうとき農家では、腹がへっては働けぬやろうとドンブリで飯を食わしてくれた。それを見たとき、若き胸の血はたぎった。四杯おかわりして、その農家から、『あんたはもう来《こ》んでもええ、食いすぎる』といわれた」

「ドンブリ飯はいいとして、おっちゃん共産党に何かこう、時代の郷愁というか、思い入れ、とかいうもんはないんですか」

「うーむ、そうですなあ」

　おっちゃんは盃をおき、ハタと手をうつ。

「共産党と恋愛中の女は、しつこいことで似てる」

　何をいわんとするのか、だしぬけにおっちゃんはそんなことをいう。

「何がしつこいんです」

「何もかもしつこい。感じとしてはしつこい。共産党は内部《なか》でいつも何やらかやら、モメとるらしい。それは保守政党も同じやが、モメ方がしつこい気がする」

「フーン」

「感じとして、ですよ、共産党に何か、かかわりもつと、アトアトまでゴチャゴチャと『いうてこられ』そうな気がする」

どうもよくその「感じ」とやらはわからないが、また、わかるような気もせぬではないようでもあり……。

「この、『いうてこられる』という予感をさして、僕は、しつこいというてる。これは田舎の人間関係のややこしさとまたちがうしつこさですなあ」

「じゃ、なんで恋愛中の女はしつこいのですか」

「恋愛中のオナゴはやたら人をつかまえては、おのが恋愛についてしゃべりたがる。人に話さなければ恋愛しとるという認識がでけんもんらしい。この嬉しさをいやさらにかみしめたいと、人にしゃべりたがる。こちらがいやがっても避けても、追いかけて来て、吹《ふい》聴《ちょう》する。しつこい」

「聞いてあげてもいいではありませんか」

「いや、それはかなわん。『いうてこられる』というのはかなわん。人間は誰にも『いうていかず』『いうてこられぬ』のが、望ましい。宣伝したり勧誘したり、みせびらかしたり吹聴したり、考えをおしつけたり、おどかしたりせぬほうがよい」

「恋愛中の女は、人をおどかしますか」

「おどかす。これ、この私をみよ、いま恋愛中なのだ、これこそ人間の証拠であるぞ、恋愛せぬものは人間でないぞ、我こそは人間のカガミ、というておどかす」

「いや、それはおどかしてるのではなく、楽しさに陶酔してるのであって……」

「同じこっちゃ。主義思想に酩酊するのはよいが、ホカの人間にもそれをおしつける、そのしつこさがよくない。ゴチャゴチャ『いうてこられる』怖さは、共産党も恋愛中の女も同じ。しつこいのはいけません」

「あの、しかし日本共産党は……」

「僕は世界中の共産党のことをいうてまんねや。恋愛してる女のしつこさも世界みな、同じやろし」

焼鳥であとをしめて、帰るみちみち、きさらぎの風は冷い。なんで家を外に飲み歩くのやら、どうも家でおちつけない今日この頃の私なのです。

（『週刊文春』一九八四年二月九日）

飲み場所

次々とあたらしい才媛が世に出るが、文壇でも、新人の女流作家が美人だったり、かと思うと、美しい女優さんが小説を書いたり、花やかなことになってきた。

昔は女流作家というのは「才能が器量をかがやかす」ということがあって——これは私がいうたんではない、佐藤春夫氏が新人時代の有吉佐和子氏のことをいわれたという——器量は二の次に論じられたのであるが、美人が小説を書き出したのだから、「美貌が才能を輝かす」ということになるなあ。

『愛しのハーフ・ムーン』という新刊の小説集を見てたら、開巻まず著者の原田美枝子サンの美しきポートレートが四頁《ページ》もあって、何となくシネアルバムと小説本と二冊買ったような、トクをしたような気になる。美人作家の本にはイラストは要らないなあ。著者近影というのをあちこちのページにばらまいておけばいい。

そこへくると私なんかは、写真なんか出すとかえって売れ行きがおちるから、美しきイラストをたくさん挟んでもらったりして、もう、こうみえていろいろと苦労するのでござ

います よ。

私どもの本は、作るのにオカネがかかることになってしまう。困ってしまう。

しかも原田美枝子嬢の小説『愛しのハーフ・ムーン』もなかなか面白いのであって、ほんとにエラそうなことばっかりいって、大きい顔してると先輩作家は追い越されちゃうよ。

いま私が、雑誌や週刊誌でみつけてきっと読んでしまう文章も、新人の林真理子サンのものである。林サンはステキに面白い。条理明晰で、コトバに過不足がない。

文章に怨念がある。

それに、あたまのよさが加わる。

怨念があってあたまが悪い、という女はいくらもいるが、そういう人の文章は臭くて食べられない。怨念とあたまのよさを渾然とつきまぜてるから、林サンの書かれるものはからっと陽気になって美味《おい》しいんである。

しかも、あの現代的美貌。

あれをブスという人はもう時勢におくれてる。静止的な写真をみても、瞳も唇元もしゃべっている。声がきこえそうな気がする、そこが現代美人の要素なんである。

そう、つまり、これからの美人は、

「何を考えてるか」

「何をしゃべるか」

そのことに興味があるので、何を考えてるやわからん、ただ目鼻立ちと体の均衡だけとれているというのは、木偶《でく》であろう。林サンのはじめての小説『星に願いを』というのも、おかしくて面白かった。あれを読んでから、ますます、林真理子嬢がいい女に思えてきた。やたらな男と結婚させて、あのよさを変質させたくないなあ。尤《もっと》も林サンだったら、そんなことはないと思うけど。

「いや、僕なんかにいわせると、男との結婚より、飲む場所によると思いますなあ」

とカモカのおっちゃんはいう。

「オナゴは男と結婚して変質するというが、そもそも、それよりもまず飲むトコの雰囲気による。飲むトコによって男をえらぶのか、男が先にまずあって、飲むトコが限定されるのか、その関係がまだようわからんが」

「飲むトコって何ですか」

「まあいうなら、大阪やと、キタで飲むかミナミで飲むか。——キタで飲むような男と結婚すると、それらしイになる。ミナミで飲むと、また、その雰囲気になり、おのずと男のタチもそれにふさわしくなろうというもの」

——でも私は東京にくわしくないので、林サンがどこでお酒を召しあがるのがお好きなのか、知らない。聞いてもそこから、町の雰囲気を推察できない。私はいつもいくのは青山五丁目だな。大阪風に「青五」と私はいってる、それから新宿に二軒、あとは山の上ホテルのバーの「悶々」ですか、あ、ゴールデン街の「まえだ」があるな……。

「いや東京は知りまへんが、人間、飲むトコロを自分に合せてさがす、調達するというのは大事や、と思う。——いまだに僕は、惜しゅうてたまりまへんのやが、かの、越路吹雪なあ」

おっちゃんは唐突に故人の名をもち出す。

「僕の見るところ、越路サンはどうも、下町風姐御というオナゴはんやなかったんかと思う」

「フーン」

「昔でいうたら、櫛巻《くしまき》にして『なんだい、お前さん』というてるような、よう働いてよう笑《わろ》うてよう惚れて、のーんびり一生送ってる、いうような。大阪でいうたら、ミナミで飲んどったら、ええねん」

ミナミといっても、よそよそしいビルの地下街や、心斎橋筋あるいとるようなのはあかん、という。

横丁の横丁へ曲った、千年町、玉屋町、畳屋町、三津寺筋、阪町から千日前、ジャンジャン横丁あたりで串カツくわえて、

「そんでシャンソン唄《うと》うとったら、よかってん」

「串カツとシャンソンは合わない」

「そんなん、いうてるさかい、命ちぢめるねん。僕の直観では、あの越路サンはミナミの姐ちゃん、いうトコやった。東京やパリや、いうさかい、命ちぢめたんかもしれん。ミナミで飲んでシャンソン唄うて何がわるい。パリへ買物やあそびに出かけてもかまへんのんや、しかし、飲む場所は、大阪のミナミときめておけばよかったのに」

ミナミの姐御に、越路サンはされてしまった。

とすると、林サンも、ご自身の気分にぴたっと合《お》うた飲み場所をさがしておかれれば、そこに白馬に乗った王子様が現われる、というわけだろうか。

「そうそう、飲み場所があって王子様があるほうがよい。ステキな王子様に会えたというんで、そこを飲み場所ときめると、主客転倒、苦労するかもしれまへんなあ」

私、自分はどうなのかと一瞬、考えてしまった。

（『週刊文春』一九八四年四月十二日）

酩酊

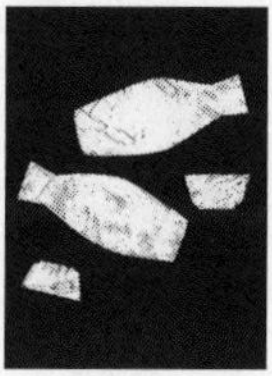

酒どころ伊丹

まさか伊丹《いたみ》に棲《す》みつくとは思わなかった。

大阪弁で隅っこのことを「すまんだ」というが、伊丹は昔から津の国のかくれ里といわれ、まさしく「すまんだ」である。大阪に近いのに古い町のせいか人情敦厚《とんこう》でおっとりしている。神戸も好きであったが、伊丹は神戸にくらべるとずっと田舎っぽく、そこに何ともいえぬ滋味がある。土がよいので植木がよく育ち、水がいいので酒づくりが昔から盛んだった。伊丹の「上々諸白《もろはく》」を愛して文人墨客《ぼっかく》が集《つど》うたところ、いや、それにならって私も住みついたわけではなく偶然の結果だが、神戸の時は灘《なだ》の酒があったし、いつも偶然に漂着した先がうまい酒どころであるのは、ほんとにヨカッタ、ヨカッタ！　という感じである。

（『小説現代』一九八四年五月一日）

春愁カモカ酒

今日は雨降りである。桜もおしまいかもしれないが、一昨日宝塚の花の道でシッカリ、桜を見てきたので、もう思いのこすことはない。私は『歳月切符』という本に書いたように、あと二十年くらい生きるとして、春二十回、夏二十回、秋二十回、冬二十回と思っている。そう思い出したのは一、二年前からだから、春のキップは二枚ばかりもうちぎって渡してしまってる勘定で、あと十八枚しかない、もう十八回桜を見られるわけだ。「たった」十八回、という気にはなれないで、

(うわ、十八回もあとある)

という気になってしまう。

十八回も桜を見られりゃ沢山じゃありませんか。

今年は宝塚の桜はえらい賑わいだった。大劇場はいま麻実れい、遙くららのゴールデンコンビで『風と共に去りぬ』をやってるのである。おまけに春には恒例の初舞台生の口上があるので客席は超満員、今年は野坂昭如サンのお嬢さん、花景美妃サンの初舞台でもあ

る。早いものである。私は一生けんめい、黒紋付に緑の袴の初舞台生たちを眺めていたのだが、私の席はずっとうしろだったので、みな同じようにみえてどれがどれやら分らずじまいだった。

それにしても麻実れいさんのヒゲも中々いかして、じっくりしたレット・バトラーだった。遙さんのスカーレットはオトナの色気にみちていて、艶冶《えんや》といっていい美しさだった。

あと十八枚の春のキップのことを思いつつ、『風と共に去りぬ』の舞台で、レット・バトラーが家を出ていってしまう悲しい場面をそれに重ね、何となく感傷的になって家へ帰ってくる。レット・バトラーみたいに、男はいったんこうと決心して家を出たら、もう帰ってこないんでしょうか。私は自分が、美しき遙くららさん演ずるところのスカーレットになった気がして、悲しくなったのである。あまり力を入れて見すぎたのであろう。レット・バトラーが大阪の男なら、途中で気が変り、またひょこッと家へ戻り、スカーレットを狂喜させたりするかもしれないが、そうなると宝塚ではなくて吉本新喜劇になってしまう。スカーレットが山田スミ子になったりしてしまう。

仕事もせず、呆然とそんなことを考えておりますと、「あーそびーましょ」とお酒を飲みにくるカモカのおっちゃん。この御仁には「春愁」なんてことは絶えてないみたい。

二十回の人生キップなんて考えないかしら。

「いや、それは賛成ですな」

おっちゃんは奄美古酒「瀬戸の灘」なんて焼酎をロックで飲んだりし、私は「老松」をぬるめの燗で飲む。肴にはたけのことわかめのたき合せ、なんていうのも、二十回キップの中へはいっているから、ぜひ楽しみたいものである。

「二十回キップはええが、小生はおせいさんのように、いちいちキップはちぎりまへん」

「人生の無賃乗車をやってる」

「春二十回、夏二十回、秋二十回、冬二十回、という発想はたいへんよい。五十代の人間は、そう思うと、先が見えてたいへんラクになる。しかしべつに毎年、律儀にちぎることは要らん。思いついたときちぎったらええし、ちぎりとうなかったら、その年はやめたらええ。永久に、死ぬまであと二十回、思うだけでもよろし」

あつかましい人である。

「時には随意に増《ふ》やすのもよろしからん」

よういわんわ。

「時には振り出しの赤ん坊にもどり、あと七十回のキップを持ってもよい」

双六じゃないよ。めちゃめちゃをいう御仁である。

雨といえばこの間はこけら落しの国立文楽劇場で『義経千本桜』の公演中に、スプリンクラーのボタンを係員が押しまちがえ、突然舞台に雨が降るというさわぎがあった。ちょうど「小金吾討死」の場面で、背景は竹やぶなので、お客は、はじめうまい演出やなあ、と感心したそうだ。ライトで雨が降ってるようにみせかけてる、と思っていたらしい。

この国立劇場はコンピューターを使った最新設備の劇場で、何でもボタン一つでできると自慢のものであるが、人間がそのボタンを押しまちがえたのではしょうがないのだ。

演出の雨だと思っていたら、舞台の人形使いがあわてて、人形のかしらをかばって逃げ出し、前列の客が濡れまいと総立ちになったので劇場は騒然、「雨」は十分ぐらい降ってました、と、「若葉の内侍」を使ってた吉田文昇《ぶんしょう》さんはいっている。おかしかったのは、このときの劇場の応対で、緞帳が下りて、

「公演は中止します。ロビーに出て下さい」

のアナウンスがあっただけだという。事態の説明もなく代表者のお詫びもなく、

「払い戻しはしません。見たい方は公演期間中に半券をもって来て空いた席でどうぞ」

というので観客は怒り狂った。結局、一時間あとでしぶしぶ払い戻しすることになったそうだが、国立だけに官僚的である。それで思い出したが、『オール関西』という、今度創刊された関西の雑誌で、竹本津太夫さんが国立文楽劇場のことをいっていられる。劇場が完成しても、津太夫さんらには一向に案内も来ず、内部も見せてもらえなかったそうである。文楽劇場というのに文楽の人たちは小さくなって楽屋口へ入るそうで、「自分の劇場をこしらえて頂いたという感じがしない」といっていられた。

大阪で役人風を吹かせると、目立ちますのや。官僚的にやられると、大阪ではぼろくそ

にいわれてしまう。何しろ、我々の税金で作ってるのだから、水だってタダではない、むだ使いはやめてほしい。

「それそれ、そういう風に腹を立てたりすると、キップをちぎるどころか、増やしとうなりまっしゃろ、柄に合わぬ風流気はやめなはれ」

おっちゃんはにんまりと奄美古酒をあおる。


(『週刊文春』一九八四年五月三日)

元禄の酒

九州の日本酒もよろしきもの、ということを私は最近、発見した。私は平素、伊丹の酒どころに住んで、「白雪」や「老松」「大手柄」に親しみ、わけてもいつも「老松」を飲むとあちこちにいうたり、書いたりするので、

「老松もええ宣伝になりまんなあ」

と人は笑うけれど、実際、旅に出てほかのお酒を頂いても、家へ帰って「老松」を飲むと、ああやっとわが家へ着いた……という気になるから妙である。

私は焼酎もウイスキーも頂くけれど、やっぱり夜は日本酒からはじめないといけない。それで旅先でも必ず日本酒を飲むが、九州は福岡の画家、寺田健一郎氏のお宅で頂いた「西の関」、これはおいしいと思った。九州のたべものは日本酒よりも焼酎に適《あ》うような気がしていて、九州ではおいしい日本酒はないのかと思っていたのであった。

このあいだ、秋のさなかに九州へいくことがあって、湯布院の泊りを発《た》って久大本線に乗った。福岡へいく前に「田主丸《たぬしまる》」というところで下りようというプランである。ＲＫＢ

毎日のディレクター、辻和子さんが、すてきな老紳士、すてきな中年紳士をご紹介しましょうといわれる。

紅葉黄葉の山肌やすすき、コスモスの村々をながめながらゆく久大線は、私にはもう、なつかしい眺めになっている。湯布院の湯が好きで、ここへ来ては福岡で遊んで帰る、というパターンを何年もやっている。

江戸時代に代官所が置かれて、政治文教の地として栄えた日田を過ぎる。時節によるとここで鮎ずしが買える。松本清張氏の「西海道談綺」という小説にも出てくる所……などと考えているうち県境を越えて福岡県浮羽郡（現・久留米市及びうきは市）に入る。私は田主丸（現・久留米市）ははじめてである。

田主丸の町は筑後川沿いの、緑濃い田園都市である。耳納《みのう》連山のふもとにひろがっていて、植木の生産では日本屈指というだけに、どこまで走っても美しい緑があった。

ここは巨峰ぶどうの主産地で、ここで巨峰ワインを作っていられる林田伝兵衛氏と、ご父君の林田博行氏が、辻さんご推奨の「すてきな紳士方」なのであった。

いやほんとうに、いかにも豊かな筑後平野の、明るい陽光のもとでお目にかかった林田さんたちは、快活でアイデアゆたかな、お酒づくりの熱意に燃えた、たのしい方々だった。

美しい夫人とともに歓待して下さったのだが、私はここではじめて、伊丹の居酒屋で飲んでいた胡麻祥酎の「紅乙女」が、林田博行さんのはじめられたものであることを知った。

「紅乙女」の需要がたいそう伸びているということで、それは慶賀すべきことであるが、「すてきな中年紳士」のほうの林田伝兵衛さんは、これは日本酒に命を賭けていられる方で、元禄時代の始祖からかぞえて十三代目とのこと、「若《わか》の寿《ことぶき》」というお酒を代々、造りつづけていられるそうだ。

「日本酒がなくなるときは日本民族がほろぶ時だと思います」

と気焰をあげていられた。

この「若の寿」は淡泊で、さらりとしたのど越しのお酒であった。どんな料理にも添う気がしたが、更にそのあと、山の中腹にたてられた古雅なおもむきの農家の囲炉裏ばたで、粗朶《そだ》をくべながらいただいた「元禄酒」はちょっと類のない美禄であった。

色は黄金《こがね》色で、味わいはコクがあり、奥行ふかい。

「元禄諸白《もろはく》」の酒を再現しようと、林田さんはいろんな文献に当り、アルコールや甘味剤など一切使わず、昔の製法そのままに試みられたそう、杜氏は寝る間もなくつききりで、人手も普通の酒づくりの倍はかかったという。

これを小さいグラスに冷やのまま（肴はイリジャコをつまんで）口にふくんだときの、

（もわもわーん）

とくる陶酔は忘れがたい。酒のエッセンスが口中から静かにひろがり、辛み苦みを通りすぎたあと、それがまろやかな甘みに昇華する。その気韻をたのしむ。

酒づくりの技術と愛情と気迫が凝った、こういう酒は、酒席の応酬などで、ぞんざいに扱われたり、ガブ飲みしたりするものではないと思った。一滴一滴を舌にころがして楽しみ、過ぎゆく一瞬一瞬を呼びとめたいような、ほんのりした酩酊気分を興じるもの。

もしそれ、心おきない友人たちと飲むときは、もう言葉かずも多くは要らない、たがいに微笑をふくんでうなずき交すだけでよい、そしてこのような、まったりしたお酒を共に飲むという幸福感を共有するだけでよい、というようなお酒である。

小さなグラスなのに、私は二杯ばかりで気持よく酔ってしまう。同行の友人は、紹興酒に似ているといっていた。

元禄のお酒はこんな味だったのだろうか。してみると、西鶴も（彼は下戸だったというけれど）こんな山吹色の酒を飲み、近松も芭蕉もこういうのを含んだのだろうか。

「帰る人を引きとめて飲ませるのを『わらじ酒』といいましてな」

と、「すてきな老紳士」のほうの博行氏にまたすすめられ、もういちど「若竹屋の元禄酒」を一杯いただいて、心もあたまも、「もわもわーん」「ぽわーん」となって、珍重すべき舌の余韻、酔いの風趣をたのしみつつ、柿の実の色づく筑後平野へ下っていった。――焼酎がいま大ハヤリであるけれど、この次はやっぱりまた、日本酒が好まれるのではあるまいか、日本人には何といったって日本酒だもんなあ、なんて考えながら。

（『酒』一九八五年一月一日）

酒・幾山河

　私は元来、遺伝的には飲める体質らしい。父方の祖父は酒豪で、毎晩の晩酌ほどこの世に愉快なことはないと信じているらしい様子であった。女学校二年の頃に祖父は死んだが、私には酒を飲んで笑っている祖父しか記憶がないのである。祖母などにいわせると、結構むつかしい老人だったということだが、飲むと冗談や駄じゃれを連発して、私は晩酌のときの祖父が好きだった。

　冬は熱燗に、夏は冷くひやした「柳かげ」などを愛していたようである。家は大家族だったし、男も多いので、台所に菰《こも》かぶりが置いてあった。栓を抜いてトクトク……と片口に受けていた女中《おなごし》サンの姿が目に浮ぶようだ。

　父も酒好きだったが、終戦末期にヘンな酒を飲んだせいか、四十半ばで胃をそこねて死んでしまった。酒で死んだといってもいい。

　母方の祖父はこれまた、田舎の庄屋の家筋だったが、酒で伝来の資産を蕩尽したといわれ、私はどっちへまわっても、輝かしい酒飲みの名門に生れているわけである。

しかし私の弟妹も母も飲まないから、十七で父を亡くして以来、酒に縁なく過していた。娘のころに勤めていた店の運動会があっても、お酒より羊羹のほうに手がいった。その延長で、洋酒喫茶に馴染んだ。昭和二十年代後半から、三十年代にかけて洋酒喫茶なるものがはやり、女の子向けのカクテルが全盛であった。ピンクや紫の酒、氷を入れたりサクランボをのせたりして、若い女の子の目に好もしく作られてある。

カクテルグラスというのも、量が少く、これっぽっちなら……と、つい女の子に思わせるところがある。カクテルで、アルコールの味をおぼえた女の子たちが多かった。

私の場合はその入門段階を過ぎたころ、同人雑誌の仲間と日本酒の味をおぼえてしまった。その頃トリスバーなるものができて、ウィスキーがようやく若い男性のあいだに浸透しつつあったが、同人雑誌の連中は、飲むのだけが目的ではない、大いに語りたいのである。

恋を語るのではない、文学を語りたいのである。

そういうとき、高価《たか》いバー（本当は高価くない。大衆料金のバーがたくさん出来、若いサラリーマンを呼んでいたのだが）ではゆっくり飲めない。また、談論風発となると、おなかも空くから、安直な食べものも欲しい、そうなると、おちつく先は縄のれんである。赤提灯の店である。

客はみなつっこみ、という店の、片端に陣取って、日本酒とちょっとした小鉢もの——いまの炉ばた焼の食べものなどを思い出して頂ければよい——酢のものや厚揚をあぶった

もの、塩イワシの焼いたの、芋の煮っころがし、ぜんまいの煮つけ、シメサバ、そういうものでやりながら、

「あんたの小説は理屈が多うていかんわ」

「イメージがちっとも湧かへん」

などとけなし合ったり、こきおろし合ったりして粘り、お銚子を林立させていた。みな若かった。二級酒の旨みを、あそこでおぼえてしまった。店内の壁に貼られた赤枠のビラには「特級」「一級」などとあったが、それらに目もくれず、仲間の一人が知ったかぶりに、

「酒は二級がうまいのや」

というが、それよりも若者はいちばん安ものを摂《と》るもんや、とみな思いこんでいたふしがある。サラリーは安く、学生もいたがその頃の学生は親をアテにできないからバイトに必死で、そういうふところから飲むのであるから、

「酒は二級」

というのが当然だった。

今日び、若い者がかなり高級な店へ出入りして飲食しているのを見ると、私は違和感をおぼえてしまう。若い子でもグリーン車へ乗ったりしている。あれでは、これから先、年を加えてゆくときの楽しみなどは、なくなるのではないか。年を重ねて次第にぜいたくの

味を知るというのは、人生のたいせつな、取っておきの楽しみの一つなのに……。

それはともかく、同人雑誌と酒、というのは切っても切れぬ関係がある。これは文学だけではなく、画や彫刻の世界でもあるかもしれない。ある画家にうかがったところによると、画塾時代、仲間と飲みに飲んだといわれていた。酒代《さかて》がなくなると先生のところへ貰いにいったというから、これもおかしい。芸術家のタマゴは、酒気がないと孵化《ふか》しないものらしい。

そういう時代でも私は、家へ帰ると母や弟妹が飲まないので酒と縁のない生活をしていた。たまたま叔父が来て酒を出そうということになり、さがし廻っても酒がない、何年か前に近所の祝いごとで貰った二合酒一本が台所の隅に埃をかぶって転がっていた。それを叔父に出したら、

「酢ゥになっていよるがな」

という始末であった。

ところが私は晩《おそ》い結婚をして、相棒の神戸の家へはいりこんだ。この相棒が私の祖父のように「酒なくてなんのおのれが浮世かな」という男で、毎晩、晩酌を楽しむ。酒の肴つくりが私の大きな仕事になった。昭和四十年代のはじめで、さすがに戦前のような菰かぶりは家には置いていなかったが、一升壜はいつも五、六本あって、それも絶えず酒屋さんが運んで来ていそがしいことだった。灘の酒どころなので、いろんな酒を飲んだ。はじめ

のうちこそ、おいしいオカズをつくると、

（ああ、これで御飯が食べたい……）

などと思ったこともあるが、晩酌の相手をしているうち、隠れたる才能がめきめきとあらわれたらしくて、結構私も、酒飲みニンゲンになっていた。同時にウィスキーもブランデーもおぼえたが、相棒は基調を日本酒に置いているので、ホテルのレストランといった格式ぶったところで、ステーキや鴨のワイン煮オレンジ風味などといったものを食べるときでも、ワインリストを持ってこられると、

「いや、ワインはよろし。日本酒、おまへんか。熱燗にして」

などと注文する男であった。

「油モン食べて冷いワインというのはいかんな、熱うした日本酒が体によろしねゃ」

などといい、ソムリエを閉口させたりする。

「体によろしねゃ」などといいながら、彼は胃をそこねて入院したりしたが、これはニンニクをなまでかじって胃に穴をあけてしまったのである。熱燗に、なまのニンニクをスライスしたものへ味噌をつけて食べる。などというのを好んだから、病院の先生に、

「それでは胃もたまりまへんわ」

といわれてしまった。

私のほうは、熱燗はだめ、ぬるめの燗で、毎晩一本、というところ。これは一合が一本

である。和食派なので、どうしても日本酒でないといけない。肴と酒と、相寄り相扶けてかもし出す味を楽しむ。塩をなめて酒を飲むというほうではない。そして気がつくと、おいしい肴にめぐりあったとき、すぐ、

（ああ、これでお酒があれば……）

と思うようになっていた。

自分の量を知る、というのも酒になれた証拠であろう。その点、日本酒はすぐぴたりと抑えられるようである。ウィスキーを水割でやっていると、果しれずやることになる。

伊丹へ移ったが、ここも酒どころなので、嬉しくなってしまう。ただ、中年者が料理を楽しみつつ、ちびちびと日本酒を飲める、そういう小料理屋が少いのが悩みだ。神戸はそんな店に事欠かなかったが、伊丹は郊外の町なので、チェーン店やファミリーレストランが多く、町としては未成熟である。酒どころの町というからには、それにふさわしい大人むきの食べもの店がもっとほしいもの。赤ん坊や幼児を携えた若い人たちの集る店では、やかましくておちついて酒を楽しめない。——しかしまあ、やたら飲む年代から、じっくり楽しんで飲む年代に移り、お酒の味もいよいよ深くなって自分ではひそかに悦に入っている次第。ミイラ取りがミイラになるとはこのことか、相棒より私の方が強くなってしまった。


（お酒の雑誌月刊『たる』一九八五年十月）

嫌酒権

今年は阿波おどりにいかなかったので、何となく夏の終りという踏んぎりがつかず、しかも残暑がひどいままに、いつまでも真夏みたいな感じである。

阿波おどりに、何で行きはれしまへんねん、と人々にいわれたが、もう、八年いったんですよ、八年。

それに所帯が大きくなって「カモカ連」としても、目くばりが届かなくなってしまった。べつに届かさなくてもよい、雑然好きのカモカ連だから、雑然と行ったらいいのであるが、それでも八十人まとめての海外旅行であるから（大阪徳島間のフェリーを私は愛用している）これでもいくらかは気を使ってたのである。

八年間に一ぺんだけ海が荒れて船が揺れたことがあった。はじめは船中で着付けをして、踊りながら船を下りよか、などと、景気のいいことをもくろんでいたのに、みなそれどころではなく、私も一行の中には結婚前の妙齢の女性編集者や（妙齢でない結婚前の人もいるが）、家庭持ちの男性編集者もいるから、もしものことがあったらどうしようと思い、

わざと元気にふるまって、

「さあ、歌でも歌おやないの」

と歌いかけたら、これがつい、不吉にも　〽真白き富士の根、緑の江の島……と口から出て来かかるのである、あかんあかん、〽かえらぬ十二の雄々しきみ霊《たま》に……どころではない、かえらぬ八十の雄々しきみ霊に……になってしまう、こんな縁起でもない歌、唱《うと》たらあかんと思えば思うほど、なぜかそのメロディが頭の中に鳴りひびいて狼狽《ろうばい》したのであった。

その時はまあ、どうにか無事であった。

今年はお休みにしよか、と春頃から、寄り寄りいっていたのだが、もし今年決行していたら、阿波おどりの期間、八月十二日から十五日までの間に行っているはず、東京からくる編集者は前の晩に大阪へ乗り込む人も多いので、もしかして例の事故機に乗ってたかもしれないのだ。あれこれ思うと火宅の上を綱渡りしているような人生。

私の友人、これは小説や本に関係ない仕事をしている男だが、私が仕事しているのを見て、

「ようそんな、綱渡りみたいな仕事できるなあ。毎日、特許取ってるようなもんやおまへんか」

というたが、カモカ連も今思うとそんな所がある。しかしまあそのうち、「行こか」と

いうことになったら行ったらよい、と思っている。

阿波おどりの楽しさは、あれはあれでまた、格別なるもの。鳥追笠《がさ》や三味線でさんざめく町へ、乗り込んでいくときの心ときめきは、ちょっとしたものであって、よそから繰り込み踊り込んで楽しい、という祭は、あの町だけであろうと思われる。

踊りもさりながら、踊りにつきものはお酒で、お酒を飲む楽しみも、阿波おどりの中に入っていた。あれ、お酒を抜いたらどうにも恰好つかない。

もちろん踊ってるときはお酒抜きであるが、宿へ帰って風呂へいって、あとでみんなと飲むのがなんともいえず嬉しい。一大酒宴になる。

この頃はぼちぼち、煙草といっしょで、アルコール追放の声も聞かれるようになり、流行に敏感な女の子のファッション誌などにも、

「いま、アルコール抜きの飲みものが、いちばんナウいのです」

などとある。

嫌酒権、なんて出てくるのであろうか。しかし煙草とちがって、まわりに迷惑を及ぼさないお酒は、――と思うが、同じことをくだくだいったり、からんだりする酒飲みは明らかにハタ迷惑であろうし、イッキ飲みなんてして酔いつぶれられると、たしかに嫌酒権を発動したくなるであろう。

要するに、飲みすぎるんじゃないですか、日本人は、と私はカモカのおっちゃんにいう。

「微醺《びくん》低唱、というコトバがありますね」

「おますなあ。微醺なんて、なつかしいコトバです」

おっちゃんはうなずく。

「ね、そうでしょ。かすかな酔いで、いい心持になり、低く唱う、これこそ風流ってもんですわ。これこそ、お酒の飲み方や、思うわ」

そういえば昔、無住《むじゅう》という坊さんは、坊さんのくせに酒好きであったが、こんなことをいっている。在俗の酒宴で酒を強《し》い、飲み狂い、そこらあたりへこぼすのは「洪水ノ如シ」。戒律きびしい坊さんが全く飲まないのは「炎旱《えんかん》ノ如シ」。

そこへくると、

「愚老ガ用フルハ、日照リニチト、夕立ノシタルガ如シ」

このぐらいのお酒がよい、この頃は何でも極端すぎるのである。イッキ飲みか、しからずんば嫌酒権である。耳もつぶれそうなカラオケをがなったりして、低唱の風流からほど遠い。

「まあそんな、かしこい坊ンさんのいいはったことは知りまへんが、しかしこの節の、煙草が人に忌み嫌われるほど、酒がしりぞけられるとは思いまへん」

とおっちゃんはいう。私が心配してるのは、

「禁酒法時代みたいになりませんか。暴力団あたりが東神戸でお酒を密造してるとか」

「お酒が無《の》うなったら日本人は何で三々九度の盃飲みまんねん。ジュースで『高砂《たかさご》や』でけまっか。ポカリスエットで、阿波おどり踊ってられまっか」

わかりません。日本人は極端民族だから、今のヒステリックなほどの嫌煙権思想をみてると、今に、「インテリお酒飲まない」とか、「金持お酒飲まない」とか、言いそう……。

「まあ、結婚式や阿波おどりは酒ヌキにしろというなら、やれんこともない。しかし異性をくどくとき、これはカキ氷やコーヒーでは酩酊《めいてい》でけません。いったいどうやって丸めこむんですかなあ、お酒ヌキでくどくには」

おっちゃんはそんな将来も、まだ機会があると思うのか、真剣に考えこむ。

（『週刊文春』一九八五年九月十九日）

憮然酒

この前、嫌酒権のことを書いたが、

「いやほんま、やりまへん、酒やめました」

という男性二、三人に会った。若い男性、

「考えてみると、僕はほんまは、そない、酒が好きやなかった。大学時代に仲間が飲むから何となしに飲み、会社へ行くようになってツキアイで飲んでた。やめてみると、ちっとも苦しィない。何日でも飲まずにおれます」

同輩とのツキアイは、というと、

「いや、麻雀仲間が仰山《ぎょうさん》いますから」

仕事のツキアイのほうは、

「ウーロン茶を水割りにしてごまかしてツキアッてます」

もう、こんなのと、私はつきあいきれない。

中年のほうは、

「食事《めし》の時間が早うなりましたな。僕は外で飲むより、家で晩酌するほうでしたよってに。それが酒なしやと、そそくさと早う済んでしもて、あとの時間、いろんなことに使える。思《おも》たらほんま、えらい時間のロスしとった思うわ。酒飲む時間、ほんまに無駄やな」

本人がそう納得してるのだからかまわぬようなものの、聞いててせつない。「無駄なことひとつようせんのも哀れ」（花宵）という川柳があるが、そんな少々の時間浮いて、何ぼのもんや、――といいたい。が、その抗議もあわれ、嫌酒権の声昂《たか》まるにつれ、かそけく押しやられていくのではあるまいか。

「いや、何度もいうが、酒は無《の》うなりまへん」

カモカのおっちゃんは断言する。

「酒は人類と共に生きてきましたからな。太古から人間は酒を発明した――それよりも、僕は嫌女権をいいたい」

へー。おっちゃんはその昔から女性の味方を標榜《ひょうぼう》してきたくせに。

「今でも味方のつもりやが、このごろのオナゴはんのえげつないこと。人を攻撃するときはよってたかって過激に言う。戦時中の、ゼイタクは敵や！　とかみついてた国防婦人会の、外側の衣裳だけ変ってる気がしますな。ああいうオバサンをみると、だんだん、オナゴはんキライになってきた」

「それじゃおっちゃん、やっぱり昔ながらに、つつましい大和撫子《なでしこ》がいいんですか」

「それはまた、極端な」

おっちゃんは暑さがぶり返した今宵《こよい》、冷酒なんかまったりと含みつつ、

「おとなしいオナゴはんもキライ、何考えとるやわからん。つつましいというのはからっぽの頭でニタニタ笑《わろ》てるだけに過ぎぬからキライ、結婚して三食昼寝つきのドデッとしたナマケモノもキライ、私さえがまんすればと恨みがましい忍従の大和撫子もキライ、亭主に頼り切って、亭主に別れたらすぐ路頭に迷うような意気地なしのオナゴもキライ、――そうかというて、シッカリしとりゃエエ、ってもんでもない、思いやりの心もたず、ギンギンの利己主義というのもイヤ、この頃の若いオナゴみたいに、礼儀知らずの女野蛮人というようなんもキライ」

「といって、男だってそんなに立派なの、そろってますかッ！」

「それ、そういう風にすぐ反駁《はんばく》するオナゴはんの性質《さが》がいや、いうてますねん、これはオナゴはん一般論をいうのであって、何もおせいさん個人のワルクチいうたんやおまへん」

世の中は、ギチギチと音立てて、舞台がかわっていくようである。靖国《やすくに》神社がことさら浮き上るわ、防衛費は突出するわ、今に、女は出しゃばるな！　という風潮になるのではないか。

「いや、それは関係おまへんのや。ただ、いまの心ある男の胸に、ボチボチ、嫌女権が生れつつある、という気がして仕方ない。それは嫌煙権みたいに、人前でいわれへん」

私は、もっともっと女がえげつなく過激になったほうが、先ゆき、ほんとにいい女が生れる地盤になる、と思う。いっぺん、ドドドーッと悪くなり、女の中から、

(これはちと、ゆきすぎ……)

という気が生れたとき、ほんとに男と女といい関係ができるという持論である。イヤな中年オバサンもっと地に満てよ、腹立つオナゴ殖えよ、それを見た同性たちが、

(ああだけは、なりたくない……)

としみじみ思うようになればやがてそのうち……。

「そんな省察力が女に生れるかどうか、甚だ疑わしいが、まあそれはよろし、心ある男はひそかに胸の底で、『考えてみると、オレ、ほんまはそない、女が好きやなかった』ト。世間へのツキアイで女とツキおうてた、ト。やめてみるとちっとも苦しィない、ト。女なしでも十分やれる、ト。考えとるかもしれまへん。しかしその恐ろしい考えをみな注意ぶかく隠してる。それに比べりゃ、嫌煙権をあさはかに叫ぶ人間は、ノーテンキで気楽なもの」

「あら、それじゃ私も本音をいいますが」

私は男・女を問わない。大人も子供も含め、

「嫌人権を主張したいわ、動物愛護論者としていうと」

神戸の王子動物園の人気者、カバの出目男《でめお》が九月十五日の早朝死んでしまった。十八歳

で、人間なら男盛りの三十代である。カバは大口あいてあくびする。そこへ人間がゴムボールや石を抛《ほう》りこみ、出目男はそれをのみこんで小腸をつまらせてしまったのである。出目男の父親の初代出目男も、昭和四十二年六月二十五日に死んだ。入園客に口の中へビニールバッグや竹串《たけぐし》を抛りこまれ、異物性胃炎で死んだのであった。私、もう人間大きらいになる。嫌人権を主張したい。人間が万物の霊長なんて絶対ウソ。石をカバに食べさせた人間が、かわりに檻《おり》の中へ入ればいいんだあ。

「そーれそれ、嫌女権の中には、オナゴはんのマジ好きも入っている。あたま冷やして冷やして」

嫌女権者、嫌人権者、どっちも憮然《ぶぜん》として飲む。人生中歳、憮然酒が多いようである。而《しこ》うして、この憮然酒の味も知らずに酒をやめてしまう人がふえるのは、何だかこわい。

（『週刊文春』一九八五年十月三日）

ブゼン酒

このあいだ私は、三日間というもの、ひたすら籠《こも》りきりで、かねて宿題の書きおろしの原稿のつづきを書いていた。三日で百枚書けた。私はワープロを持っているが、ワープロは使わない。あれはお遊びに使ってる。

ともかく百枚書いた。あと少しで終りだと思うとうれしい。何しろ、毎月の締切を抱えて、別に書きおろしするなんて、塗炭の苦しみである。しかしその苦役《くえき》も、もうすぐ終るノダ。私はしみじみ嬉しくて、百枚を自己満足とともに読み返してみた。

そして愕然、凝然、憮然となったのである。中年になると豊前守《ぶぜんのかみ》になることが多く、それが中高年の宿命ではあるが、中高年がガクゼンの守《かみ》になるのは頂けない。

私は「楽しんで書く」のを忘れていた。もうすぐ終りや！　と思うので、つい、その焦りが出たらしい。仕方ない。パーである。百枚は破棄である。

物事は、せいてしたらあかんなあ、と思いつつ、私は憮然酒を飲む。

よく、「生きてるうちにこの仕事をしあげて」というような文章を目にするが、私はこ

れまで、そういうのを読むたび、

（ハテ。出来なんだかて、しょうないのに。神サンが、「ハイ、そこまで」と試験場の監督の先生みたいに言いはったんやから、未完でも鉛筆置いて出ていかな、しょうないのに）

と思ったりしていたが、あれは、自分の身になると、中々そうは思えないものですね。目玉の黒いうちに早く書こう、とつい焦ってしまう。焦りが出ると、トーンが全く違う。

ブゼン酒の私に、あいも変らずのんびりとカモカのおっちゃんが「あーそびーましょ」とくる。私の話を聞いて、

「廻り道は近道。今度書くとき、早う書けまっせ。悪いお手本があると」

「まあ、そうだけど、さ」

「それより、ええことだけ考えなはれ。今の日本、まだマシや、とか」

「マシなとこ、ありますか」

「ソ連みなはれ。ちょうど昔の戦争中の日本みたいや。国民は悪いこと、ちっとも教えられずに、お上のいうこと信じてるだけ。チェルノブイリの原発事故、どない怖いか、ほんまのトコ、ロシヤ人みな知らんのと違《ちゃ》いますか」

「日本人も知らないよ。原発の怖さ、なんか。原発推進者は、怖さを知っててもわざと黙って推進するしねえ」

私は物ごとを悪いほうへ悪いほうへ、取ろうとする。

「しかし少くとも、いまの日本やったら、原発やめろ、いうて反対は言えまっしゃろ」

おっちゃんは物ごとを、よいほうへ、よいほうへ、と取ろうとする。

「今の日本のエエとこ、仰山《ぎょうさん》おまっせ。小生はその功績の一は、アメリカ映画や、思いますなあ。アメリカ映画で、われわれ青少年は戦後、啓発されること、いちじるしかった」

「たとえば？」

「机の上へ、靴はいたままの足、あげたりしてましたやろ。机に腰かける、とか」

あった、あった。現代物恋愛映画も戦争映画も探偵映画も、よくそんな場面ありました。

「あれで僕ら、戦後の青少年は、脳天を一撃された気ィした。机の上に足あげる、なんちゅうことは、日本民族の発想になかった。土足を、机にあげよる。――ホー、人間、あんなこと、してエエんか、民主主義ちゅうたら、あないな自由なもんか、――と、学生の小生は目をみはって、感嘆久しゅうした」

そこは、うら若い娘だった私とは少しちがう。机の上へあげるアメリカ男の脚の長くて恰好よかったこと、――粋な、なあ……とみとれていたのである。

「机に尻据《す》えてしゃべったりしとる。神聖な机に尻かけてエエのんか、思《おも》たら、何や窓あいたようにホッとした。ついでに、いろんな女優みて、目からウロコおちた気ィしましたな。世の中広い、こないな別嬪《べっぴん》おったんか、思たら窓あいた気ィした。人生はエエとこある、思た」

「おっちゃんはどんな女優サン好きだったんです。エリザベス・テーラーかなあ」

「いや、テーラーもいまは長《なご》う生きて、二タ重《え》のあごになってしもた。どうも、昔の美貌に、いまの二タ重あごが重なりましてな。具合《ぐっ》わるい」

「すると早逝したマリリン・モンローなんかよかったですね、美しいイメージをのこしたまま」

「しかしあれは都会好みの女です」

おっちゃんは断固としていう。

「そうかなあ。田舎の人にもウケたと思うよ、セクシー好みは都鄙《とひ》を問わない」

「歩くのに一々腰振る、ちゅうような、あれは田舎出身の人間には理解できん。それに僕なんかには腰巻《おこし》を巻いてない女のようにみえる」

西洋女が腰巻なんか、巻きますか⁉

「イングリッド・バーグマン、あれなんか見なはれ、きちんと腰巻、巻いた感じや。きりっとして地味で美しいのがよろし」

「地味美人というなら……ジューン・アリスン」

「あれはいかん。オイ、オイ、いうて誘うと『ダメよ、隣で子供がまだ起きてますわよ』

とたしなめそうな感じ。カタブツすぎま」

「むつかしいわねえ。グレース・ケリー」

「うん、あれはよい。レディが時代遅れになった時代に生きた、最後のレディですな」

「デボラ・カー」

「風呂屋の番台に坐ってるおばはんですよ」

「ジーン・シモンズ」

「集団就職で大阪へ来て、ミナミの豚珍軒の出前持ちなんかやって、南署へ出前運んどるという子ですな」

などとしゃべってるうちに、私もいつか気をとり直し、百枚パーが気にならんようになって来た。また明日から、しこしこと、肩を凝らし歯の根を浮かせて、書くことにする。


（『週刊文春』一九八六年六月十九日）

オトナ酒

考えてみると、もう私は相棒と二十年以上、晩酌をやっている。とぎれたのは、テキが高血圧と胃潰瘍で入院していた、それぞれひと月あまりの間だけである。

そのときだって、彼は私にポケットウイスキーを買ってこいというのだ。

「悪くなったって知らないよ」

「かめへん。ワシの体のことはワシが一ばんよう知っとんねん。胃潰瘍なんか、酒飲んだほうがなおるねん」

個室で水も氷もあるからイケナイ。夕食後、二人で水割りをつくって飲んでいると、検温の看護婦さんが入ってきて、おやおや、と言いたそうだったが、彼が医者なので（やりにくい患者だ……）とあきらめたのか、ニヤニヤ笑って出ていった。お酒のせいでもあるまいが、胃潰瘍は切らずになおってしまった。

神戸に住んでいた十年は、床に坐って卓袱《ちゃぶ》台で食事するのであった。これは日本酒を飲むとき、いちいちお燗に立つのがまことにわずらわしい。またわずらわしいぐらい、どんどん徳利があくのだ。そのころ飲んでいたのは〈金盃〉だったと思う。そのあと〈大関〉〈白鹿〉と灘のお酒、神戸住いの嬉しさ、酒どころのおかげである。

酒飲みの客も多かったが、まあとにかく、晩酌を欠かしたことはないので、二人で飲んだ夜々をずいぶん重ねたわけである。

〜二人でお酒を飲みましょうね……というときに、心得ることとしては、まず、いい肴。私は、酒さえあれば、というハイクラスの酒豪ではなく、彼のほうも朝から飲む、というタチではない、日が沈まないと盃に手が出ないというほうなので、酒だけではダメで、おいしい肴がほしい。高価《たか》いものではなく、旬《しゅん》のものであればいい。会話がいい肴になるが、わりにこの肴は難しく、いくつかタブーがある。会話にも旬があるといえそうだ。まず、飲むときに、体の不調を訴えない。いまだと、老化現象について愁訴しない。ほんとに悪くなれば、自分で医者へいくなり処置するなり、したらいいのであって、酒の席で相談することとと違う。

次に、腹のたつことはいわない。自分独りで押えかねる怒りを相棒に訴え、共に腹を立てさせるというのは、愚の最たるものである。怒りは伝染性のある毒素であるから、なるたけ早目に自分一人で殺菌しておくこと。

ただし、両刃の剣に、ワルクチのたのしみ、というのはある。

人のワルクチを肴に酒を飲む、というのも大人の楽しみではあるが、そこに私憤や嫉妬

――それも、私嫉というのか――があると、朗々たるワルクチにならない。まあ、大人であれば、夫婦口をそろえて私的な鬱憤を晴らすということはあるまいけれど――。男というものは、女が忌むべき根クラのワルクチを口にするとき、自分も心でそうは思っていても、女同士のように口をそろえて同調するということはしない。これは男のいい所だ。

しかし何にしても、ワルクチは二人で笑い合えるような、カラッとした、正々堂々たるものであらまほしい。いわれた人が聞いても笑えるようなユーモアがあれば、いたく「御酒がすすみます」というもの。

そのほか、ちょっとした町の話題から、天皇制の問題、首相発言、中国市場開拓について、はたまた、人間いかに生くべきか、などという話題が出、議論が白熱すればこれも「御酒がすすみます」。

まちがっても身内のトラブル、タレントのプライバシーなど夫婦の酒席の話題にしてはならない。身内というのは人間に負わされた一種の業であるから、業について云々してもしようがない。それはおのおので負担して頂く。タレントの行状は大人の話題にはならない。

宗教、政治も、思いこみの強い人は、避けるべきであって、これも人間の業であるから、夫・妻、各自一人で背負って頂く。

そのほか小さい問題、家を建てる、とか引っ越し、転職転勤、子供の進路、非行、縁談、離婚、浮気、などというこまごました夫婦間・家庭間のトラブルは、これは朝の出勤前とか、あわただしい朝食中などに、手短にサッと意見交換するとよいのだ。

そうして天皇制や首相発言や日中関係などの大切な問題は、じっくり夜な夜な討議する。これが私の理想とする夫婦酒である。いまは伊丹に住んでいるので、〈白雪〉〈老松〉〈大手柄〉なぞというゆかしくも古い名酒に夜な夜な、馴染んでいるわけ。食卓は椅子にしたが、お燗をつけるのに忙しいというほどではなくなった。おのずと酒量も落ちたが、やっぱり「酒とろりとろり大空のこころかも」（麻生路郎）というところで滞空時間は長い。

しかし考えてみると、夫婦酒というよりも、これはオトナ酒、オトナがお酒を飲むときの心得、ということになってしまう。やっぱり夫婦というところを早く卒業して、オトナ同士二人が暮らしてる、というようにならないといけない。右のタブー集は、わが失敗をかえりみてあらまほしい形を考えただけで、現場の報告ではない。

（『酒』一九八七年一月一日）

飲んでほし、止めてもほしい酒をつぎ

飲んでほし、止めてもほしい酒をつぎ　麻生葭乃《あそうよしの》

葭乃さんは麻生路郎《じろう》氏夫人、早くから作句をはじめ、路郎氏と結婚して半世紀、ともに川柳の道を歩んでこられた女流柳人《りゅうじん》。明治末の女性としては珍らしく自由主義的な教育を受けられた方《かた》で、ミッションスクール英文科出の才媛だった。のんびりしたお嬢さんだった夫人が、川柳に一生を賭けると決心した路郎氏に嫁いで四男五女の母となり、さぞ大変な人生だったろうと思われるが、夫人は一言も愚痴を洩らさず、金銭に執着なく、口数少なく、肝太《きもふと》き、外柔内剛の人となりであられたという。そのくせ、

〈行末はハムとなる声のどかにて〉

〈改札を出るも先駆者たらんとす〉

などとおかしい句をものされる。路郎氏に

〈不平も云わぬ妻だ長生きするならん〉

という句があるが、その通り、金婚すぎまで路郎氏と添《そ》いとげられたのはめでたい。昭和五十六年、八十九歳で亡くなられた。

路郎氏には酒の佳吟《かぎん》があるが、酒好きの夫につぐ酒は、妻としてはまことに、飲んでももらいたいし、そうかといっていわれるままについでいては体のためにも悪い、そのへんでやめてほしいが、またいかにも美味《おい》しそうな、上機嫌なさまを見れば、とても「もうお止しになったら」などといえない、喜ばせてあげたいと思うから、機嫌よくもう一本つけたくなる……という、これはいかにもやさしい女心の矛盾を衝《つ》いた句。

葭乃夫人の代表作でもあり、酒好きの夫をもつ妻の思いを代弁する句でもある。葭乃夫人ご自身もお酒をたしなまれたそうで、それだけによけい、酒飲みの心がわかる、というところなのであろう。

ここでは、結婚やら夫婦やらの句を拾って楽しみたい。家庭生活というのは川柳界では好個の題材で、いろいろおかしいのが多い。身辺卑近の材料なので初心者にも作りやすいのであろうが、しかしまた、これほどむつかしいものもない。

まず結婚式の句では『続・類題別番傘川柳一万句集』の

朗々とやがては破る誓詞読む　槇紫光

の皮肉がおかしい。もっとも読んでる新郎自身は「やがては破る」などとは思っていない。あいなるべくは守っていくつもりでいる。しかし、誓詞というのはやがては破られるためにある、それを知っているのは列席のオトナたちであるが、式場では笑えないから、まじめな顔でうつむいて聞いている。

〈それなりにほめ方もある披露宴〉（米子市　園山勝利）

これは八四年四月二十九日付の『朝日新聞』の「日曜せんりゅう」から採った。これも黙って聞いているオトナの感懐であろう。近年の華美に流れる結婚式に私は疑問をもつものだが、あれは若者がはしゃぎすぎだからである。列席したオトナはみな、こういう皮肉な感懐を強《し》いられていることを知るべき。

だれよりも君を愛して倦怠期　岡田千夜

これは『続・類題別番傘川柳一万句集』にあるが、この句に先行するものとして昭和三十八年初版発行の『番傘川柳一万句集』に

〈誰よりも君を愛して使い込み〉（高橋散二）

がある。着想では（散二）さんが早かったわけだが、句としての面白みでは（岡田千夜）さんのが面白い。近来、川柳界では同工異曲の句が多いというので、選者になる先生方の苦労は大抵なものではないらしいが、しかし我々素人の川柳ファンとしては面白いほうを珍重したくなるのである。これはいうまでもなく松尾和子に和田弘とマヒナスターズが歌ってヒットさせた歌「誰よりも君を愛す」（作詞・川内康範）から採られているが、「使い込み」というと少し理に落ちすぎ、ここはやはり、誰よりも君を愛したはずなのに、いつかはや、倦怠期となったほうがおかしい。

結婚をするほど野暮な恋をせず　　乱雷

こういうのを見ると「何いうとんねん」と笑ってしまう。むらむらとおかしくなる、というのはへんないいかただが、実際、川柳のなつかしさはこんな句に遭遇したときの、「アホかいな」という気分にある。こういう、口に上《のぼ》せてもなだらかな句をようくおぼえておいて、彼女とのデートの会話の潤滑油ともし、かつはそれとなくおのれがふだん懐抱している信念を、川柳に託して訴えることもできる。

川柳の、人生における有益なること、かくの如し。この句は〈女房の嫉《や》くほど亭主もてもせず〉を下敷にしているかもしれないが、両句照応して、おのずと箴言《しんげん》ふうになってるのもおかしい。

何かあるたびに気強い妻をつれ　　藤原葉香郎《よかろう》

この作家の句は情味をたたえ、子にやさしく女心を洞察したものが多い。
〈おまえから話せと金は借りにくし〉（同）
というのもおかしい。男は案外、気弱な人が多くて、妻を頼りにしているものである。
〈なさけなしされど女を頼りとす〉（同）
とヒトゴトのようにいうところが川柳作家の眼。男は口ではいろいろエラそうにいうが、女の動静をそれとなくうかがい、どうしても無意識に顔色をよんでしまう。
〈坐り直して言いたいことのある女〉（同）
〈表情をかえぬ女に押され気味〉（〃）
男はまさにビビってるのである。男たちがあげて川柳作家になれば、わが身を省《かえり》みる余裕もでき、この世の中、女との軋轢《あつれき》や摩擦が減るかもしれません。
しかし男というもの、いろいろと文句の多いもので、

春雨へ女房と濡れるあほらしさ　川村好郎

女房と連れ立っていても「春雨じゃ濡れていこう」と芝居心を出してくれればいいのに、女房では気分が出ぬそうな。

不細工な妻に子供はようなつき　後藤梅志

この作者は妻を嗤《わら》っているのではない、妻に対する溢れんばかりの愛を、照れかくしでこういうているのである。後藤氏の奥さんはお店をやっておられるそうで、後藤氏がこの短冊を店へ掛けておいたところ、お客の一人が「おばさんこんなこといわれて、よくだまっているね」といったら奥さんは「不細工でなくちゃ川柳にならないんだよ」とやり返して少しも苦にした様子がない、やっぱり川柳家の妻だけのことはあると、『秀句鑑賞と梅志句集』に後藤氏は書いていられる。

夫婦げんかしていたらしい屋台店　高橋散二

「一本つけて」とぬっとのぞいた屋台店、客は期待にみちて顔をつっこんだのに、中はちょっと気まずい雰囲気、いらっしゃいというおばはんの声も冴えず、おっさんもむっつり、客のいぬ間に揉《も》めていたらしい。夫婦で仕事すると、こういうときは逃げ場がなくて困ってしまう。しかしまた一方、お客との応酬《やりとり》のうちにいつとなくナアナアで、けんかもおさまってしまう利点もある。生活の中の、ちょっとしたほろ苦いなつかしみを活写するのも、川柳のうれしさ。

良妻で賢母で女史で家にゐず　　川上三太郎

さすがオチがいい。まことにいつ電話しても家にいない女が多くなった。しかしこれからは家にいて、しかも偉いヒトで良妻賢母、という女も出てくるかもしれぬ。女の能力は今やどんどん開発されつつある。それに発想の転換は女のほうが早く、「こない、してみよやないの」と苦もなく古い慣習を変改したりする。男もいつまでも「女は可愛けりゃいい」などといっていると、時勢にとりのこされるのである。川柳も既成観念によりかかっていては末期の『柳多留《やなぎだる》』風に動脈硬化になってしまう。日々、変化流転する世態にいつも好奇心をもって、「こない、してみよやないの」精神で挑戦して頂きたいものである。

〈偉い妻もって交際費が嵩《かさ》み〉　（西川晃）

もおかしいが、この偉い妻は何をしてはるのか。

〈母の会わいの女房が会長や〉　（同）

だそうである。同じ作者、

大の字に寝る妻にして貧に耐え　同

そういう妻だからこそ、貧乏にも強い。

妻だけが時世のせいにしてくれる　柴田午朗

能力をあげつらわれる世の中で、「あなたのせいじゃないわ、時世がわるいのよ」と妻にいわれるほど嬉しいことはない。ただしこれはなぜか、慰められるのは男だから句がサマになるので、女が慰められるのはおちつかない。つまり、ほんとうは女のほうが強いからではないか。川柳は弱者の文芸かと思い当ったりする。

人妻となって卑怯な眼をつかい　麻生路郎

い。

男より気をつかう。それら内々のゴタゴタをひっくるめ、「卑怯な眼」という表現が面白

諸訳《しょわけ》も知りそめ、うそとまことを使い分け、物ごとを飾るすべも知らなければならない。

この「卑怯な眼」というのが、わかりにくそうでわかる気もする。人妻になると人情の

ととさんは人工授精泡《あわ》の成人《なると》　　千代吉

これは岡田甫《はじめ》氏編『現代風俗艶句選』（光和堂、昭和三十一年刊行）にあるが、岡田氏は戦後風俗の混乱、ことに性道徳の変遷を反映する川柳を、

「時代の世相を端的に捉えるカメラのフィルム」

としてこの本を編《あ》まれた。

「今こうした特異な一書を編まない限り、〈川柳〉のように片々たる資料は忽《たちま》ち煙滅霧散してしまって、一部具眼《ぐがん》の士が数年後にその重要さに気づき、あわてて蒐集に努力しても、もはや全く手遅れとなるであろう」

当時すでに廃刊になっていた（いまは幻の戦後ポルノ雑誌としてかえって有名になっているが）『あまとりあ』『夫婦生活』などへの投稿句中から選んだもの、とある。バレ句がいけないというのではないが、句柄《くがら》の品からいうと、『末摘花《すえつむはな》』に及ばず『柳の葉末』ほ

どひどくはなし、という平俗なところ、その中でこの句は当時評判になりはじめた人工授精を扱って、アイデアが面白い。「泡の成人」はいうまでもなく「傾城阿波鳴門《あわのなると》」のどんどろ大師の場の「ととさんの名は阿波の十郎兵衛……」からとっているが、人工授精の製造過程に泡がどんな役割になるか私は知らない、しかし「泡の成人」には吹き出させるユーモアがあって、このばかばかしさも川柳のお遊び。

意表を衝《つ》く諷刺があっていい。

箸箱《はしばこ》の界《さかい》もとれて夫婦老い　　村田周魚《しゅうぎょ》

周魚氏は「川柳きやり吟社」の主幹、昭和四十二年に物故された柳壇長老のお一人。「きやり」は伝統を重んじ、『柳多留』初篇にかえれ、を標榜《ひょうぼう》している派で、わかりやすく平易な、人肌臭い、ものなつかしい句が多い。周魚氏は「川柳の良さは気取らぬ点」にあるものの、雑俳狂句はきびしく排し、「真実性を重んずる」ことを謳《うた》っていられる。

ところで私は「番傘」調もいいし、時事川柳（たとえば「川柳瓦版の会」などある）にも興味があり、時実新子《ときざねしんこ》さん調のもいいと思うが、「きやり」調はまたそれなりによいと、楽しんでいる。まことに無定見のファンであるが、周魚氏の、この句の味など、じつにしみじみといいではないか。

いまの若い夫婦は夫婦《めおと》箸箱など使わないだろうけれど、昔は一人一人の箸箱のほかに夫婦用の二膳が入るようになった平たいのがあった。それを長年使っているうちに、その界《さかい》もとれたというのである。まるで肉親のような、空気のような存在になってしまった老夫婦の、長い歴史、それもおだやかなたたずまいが浮ぶ。日常瑣事の中でもことに箸は俗なるもの、それを謳《うた》って品よく、哀愁さえただよわせる佳句。

この夫婦箸箱には私も思い出があって、少女のころ、ずっと年上の従姉の新婚家庭へ遊びにいったら、御飯をご馳走してくれるという。そうしてお膳の上にがたがたと出してきたのが異様に平べったい、幅のある箸箱、私のうちではみな一人一人が一膳用の箸箱だったので、それが夫婦箸箱だと知ったときにはギョッとした。蓋をあけると仲よくお箸が二膳並んでる。

潔癖な少女の私にはまるでダブルベッドのようにみえた。少女というものは敏感なものである。(まいりましたな、もう……)という気分で、席を蹴立てて帰りたくなったのをおぼえている。

新婚の夫婦のそれはまいるが、これが老夫婦のそれであると、間のへだても壊れてとれたりし、哀感をもたらす。

じいさんを刺すばあさんの言葉尻　　川上三太郎

このばあさんは老いてなお、ピントコシャンとした性《さが》であるらしく、いうことばに険《けん》がある。あるいは近年ややトロくなりかけたじいさんに、若いころの仕返しをやっているのかもしれぬ。

「あんた、あのとき、こないこない、言わはりましたやろ」「おい、もう三十年も昔のことやないかいな」「三十年やろが四十年やろうが忘れまへんデ。ワタイ、一生忘れへん」じいさんばあさんというが、そういう私ももうすぐその世代に入る。三太郎氏の句に

〈大正もだんだん明治に似てガンコ〉

というのが笑わせるが、いまの六十歳は大正十三年生れ、そのうち、〃昭和ヒトケタもだんだん大正に似てガンコ〃といわれるようになりそう。

口答へする老妻が金を貯め　　三条東洋樹《とよき》

これもかなりピントコシャンの老妻であろう。「誰が口答えさせるようにしたんや」と妻はいうかもしれぬ。

〈おだやかに話せぬ妻にしてしまい〉　（大原老夢）

男がわけのわからぬことをいうから、妻のほうも理非曲直を正さんとして、つい反駁《はんぱく》もしたくなるのである。そういう老妻は年金や資産の運用にもはしっこく、金を貯めてるのである。

老いたる夫の憮然たる顔付が目に見えるようである。

〈わが靴を自分で出して家を出る〉　（近江《おうみ》砂人《さじん》）

『番傘』の前会長。この句も何ということなく飄々乎《ひょうひょうこ》とおかしいが、

七十の文学青年どこへ行く　　　同

これにもその後姿がホーフツとしていい。

その後姿には哀れはない。自分でおかしがって「どこへ行く」といっているその軽みが川柳世界。決して自嘲ではなく、悲壮感もないのである。

やがて長い生涯をともにした夫と妻に、別れのときがくる。

一人去り二人去り仏と二人　　　井上信子

井上剣花坊《けんかぼう》夫人である。「剣花坊追悼吟《ついとう》」とある。『新興川柳選集』（たいまつ社刊）の

「井上信子・作品」によれば

一人去り
　二人去り
　　仏と二人

とわかち書きされており、このほうが哀感がある。訃報《ふほう》を聞き伝えた人々が集って来て枕頭《ちんとう》で別れを惜しむ。

やがてそのうち、夜も更け、一人去り、二人去り、していなくなる。あとには妻だけが残る。夫婦の長い道のりを思い返し、遺体のそばに黙然《もくねん》と坐る妻。涙とか悲しみとかいう言葉がないのに、深い空虚と寂寥《せきりょう》が身に沁《し》む句である。悲しみに取り乱しているだけではない。信子夫人の心には、

（いい人生でしたわね、あなた――楽しかったわね）

というふしぎな明るさと生への意欲がある。

（あなたの川柳への情熱を、これから私が継《つ》いでいきます）

そういう決意を夫人は夫の魂に誓ったかもしれない。

それがこの句を哀愁のうちにも凛《りん》と引きしめているのかもしれぬ。信子夫人は夫に埋没

した無個性の妻ではなかった。それゆえ、この句の悲しみは同志を、戦友を、喪《うしな》った人間の悲しみとなっている。

（『小説現代』一九八四年七月一日）

〈川柳をよむ〉

出世せぬ男と添うた玉子酒

顔色がもう読めて来る新世帯　　片山雲雀

もしも所帯持つ前から何がしか知り合いやったら、顔色なんかすぐ読むけどね。所帯持って顔色読んでいたら遅いのやありませんか。そうか。男のほうからだと、そうかもしれない。これは男が女の顔色を読むことをおぼえはじめた句ですね。

悪友に眼鏡をかけた妻があり　　上田芝有

何となくユーモラスなの。悪友やから、気心が知れた、結構おもしろいところへも一緒に行ったり、いろんなことをしゃべり合ったりするんでしょうけど。「眼鏡をかけた妻があり」というのは、やっぱり一番自分の親友やと思っているのが、嫁さん貰《も》ろうて、それが眼鏡かけとんのやと。眼鏡かけたってええやんかと思うけれども、いや、でも、何となく食い違い（？）の、ちょっと一拍外したおもしろさがありますね。眼鏡をかけた妻の存在そのものが、自分の知ってる悪友と、〈釣り合わん〉気ィするねん、といったりして。

あの人と出たら帰って来ますまい　　食満南北《けまなんぼく》

これは奥さんが言っている言葉でしょう。そういうのが男の人には「善友」なんですけどね。奥さんはちょっと腹立てている。

妻から見れば悪友でしょうが、これが男の側から見ると、話が合って気があって何とも楽しい友人。こういう友達もいなければ、男の人生はやってられないところ。〈よめはん〉も大事ながら〈男同士《みす》〉のつきあいもなくてなんとしょう。それも生きる喜び。——おくさんはそれをも見据えて、いっている。

あわれ妻男のごとくあくびする　　松浦曼助《まんすけ》

「あわれ」が効いていますけれども、あくびぐらいしたいようにさせてよと女はいうでしょう。でも、男の人にしたら、あっち向いてあくびせいと怒るかも。わざわざわしの方向いてせんかてええやろ、と。でも、親愛感がありますよ。複雑な句ですが、おもしろい句ね。

出世せぬ男と添うた玉子酒

藪内千代子

これはほんとに日常の物語。昔の人情物の小説を読むみたいですね。卵酒って、普通のときに飲まないですよね。ちょっとのど痛めているとか風邪引いたとか。だから、ちょっとした病人。でも、これは、出世せぬ男と言われてしまったら、身もふたもない。自分でも、男はそう言うているし、奥さんも内心はそう思っているかもしれないけど。――これは、女がこっそり、胸でいうこと。

「添う」に温かみがありますね。しかも、持ってくるのが、いかにも家庭的な卵酒。卵酒なんてよそへ行って注文しませんもの。家の人がつくるでしょうから。だから、とても温かい家庭かもしれない、貧乏ではあるけれど。その貧乏をご夫婦とも楽しんでいるというか、普通のこととして受け取っている健やかな庶民。そういう感じがあって、ご家庭の温かさが思われるから、いいですね。でも、「出世せぬ」とはっきり言われると、男性としては……。

しかし、これは男の口癖かもわからない。だんなが、「出世せえへんわいなんかについて、おまえはかわいそうや」「そんなことあらへん」とやっているのかもしれない。そういうふうに詠んだのではないかと思うと、温かい感じがしますね。

男は何も思ってないときにそう決めつけたんだから、きっとこれは男の口癖ね。口癖にして、それで嫁さんの機嫌をとっているという、そういうずるっこいところもある。「えらいすんまへんな、出世せえへんわいなんかに添うて」という、これで一点数稼いでいるのかもしれない。好句ですね。この作者は、前に登場した南部千代子さん。結婚されて藪内姓になられた。

差向ひ又金の要る話なり　　岸本水府

これもしようがないですね、ほんとに。〈金の要る話をするために夫婦はあるようなもんやから。〉一人やったら、使うことあらへんやないか、まあ、子供もいれば余計だけども。

この句は、浮世のそういうふうな空気というものがちゃんと出ていて……。美しい川柳とか、感動的な川柳とかあるけれども、庶民の何でもない普通の生活、こういうのを詠むのも川柳の仕事だと思いますよ。人生の妙味、というのでしょうか。

「又金の要る話なり」、「又」が効いているのね。差し向かいだから、お茶でも飲んでいるか、それとも、熱いくず湯でも吹いているかと思ったら、金の要る話。娑婆《しゃば》にまた押し戻されている感じ。

泣きごとを並べつくして夫婦ねる　大石文久

文久さん、おもしろい句ですね。泣きごとというのは、夫婦しか言い合えないから。泣きごと言うための夫婦やから、これはしようがない。でも、そんなのよく知っていて、みんな、世間のことも知っていて、こんなふうにして詠み、ご自分の人生に自足し、客観視して泣きごとまで、夫婦のたのしみになってしまった……。でも、「並べつくして」という、これは大阪で、今でもよう使う言葉。「さんざ自慢話並べ尽くして行きよった」なんて、そんなときにも、よく使いますけどね。

良妻で賢母で女史で家にゐず　川上三太郎

何かのコピーみたいですけど。川上三太郎やからおかしいんやな。でも、最後に持ってきたのが「家にゐず」、効いていますね。これが上へ行っていたら何にもならへんけど、一番肝心なところあらへんやないか。笑わせるなあ。下の句、よくついていて、強力です。ピシッときまりました。この句、終句へきて、読み手もドッと笑ってしまう。現代はこんな良妻、たくさんいることだろう。

一人去り二人去り仏と二人　井上信子

ご主人に死におくれた人の句ですね。身を嚙むような寂寥《せきりょう》感がひしひし……と感じられる句。「孤独」と、はじめて向きあった、人間の心の呻《うめ》きを詠んで、好句です。

井上信子は大正・昭和初期の女流川柳作家。夫の井上剣花《けんか》坊とともに川柳革新にのり出す。夫ともども、反戦川柳作家、鶴彬《つるあきら》を庇護した。

代表句「国境を知らぬ草の実こぼれあひ」——戦争へと傾斜してゆく当時の日本への哀切な信子の思いがあふれる句。

葛湯吹いて笑ふことなき夫婦なり　志方蝶二

笑うことなきと言うけれども、そこに自足しているから、温かい感じがある。長いこと夫婦やっていると、声出して笑うことなんかあまりないし、何か思いがけないこと、たとえばテレビなんかを見ていて、笑いを誘われたら、二人で笑うこともあるけれど。普通、家庭の時間にそんなに笑うことはない。子供でもいてればおもしろい話していたときに、みんなで笑うということはあるけど。ただ、「笑うことなき夫婦なり」というのは、卑下でもなくって、それから、寂しいのではなくって、満ち足りているんだと思う。それはくず湯に象徴されていると思う。

年とった夫婦の、何にもないけれども、安穏な人生だったという。それが葛湯という、いかにも庶民的なものとうまく合っていると思いますね。温かいところが葛湯に込められていて。これはコーヒーではあかんしね。葛湯なんて、若い人、しないでしょう。年をとった人が、ちょっとお砂糖入れて、冬の晩に、粘り気のあるのをとろとろっと、一本のおはしでこうやってね。句の背景とか、そんなのがぴたっと合《お》うていて、いいなと思いますね。

（『田辺聖子の人生あまから川柳』　集英社新書、二〇〇八年十二月）

そろそろお開き

逃げ切り酒

某月某日〈ラベンダー酒〉

私は今年の夏、厄介《やっかい》なものをもらった。

いや、厄介というのはおかしい。

大好きで、これを手にしたときは欣喜《きんき》したのであるが、あとが大変なんだ。

北海道は富良野《ふらの》のラベンダーである。生花が紙箱にもくめんを敷いた上に一かたまり切りそろえられ、航空便で届いたのだった。ウチのミズ秘書が富良野へ遊びにいって送ってくれたもの、匂いが高く、花の紫の、色の濃さといったら、ない。夏、富良野の丘は紫一色に染まるが、それがそのまま、運ばれてきたのだ。それがなぜ厄介かというと、私は、ラベンダーバンドルズを作ろう、というのである。

これはナマのうちにしないと、茎《くき》が枯れてしまってはうまく折れないのだ。十一本揃《そろ》えて穂状の花ののど元で括《くく》って折り返し、花を茎の中に入れ籠めて細いリボンで編んでゆく。香気が封じ込められて、何年たっても匂いがのこる。二、三百本あるラベンダーの、茎がしなやかなうちに急いで作らねばならない。私は締切を抱えている。その上、夏の恒例のパーティを目前に控え、準備や手配もしなければいけない。しかしラベンダーをみすみす枯らせることはできない。——厄介で嬉《うれ》しい贈り物、というゆえんである。これをもらうと心せわしい。

私はラベンダーを括ったり編んだり、という作業に夢中になって打ちこむ。原稿の催促《さいそく》の電話がある。「いま、やりかけてます」——やりかけてるのはラベンダーバンドルズなのであるが、とにかく、茎が乾いてくるのと競争なのだから、私の声調にも、いくばくかの緊迫感が添うていたのであろう、担当編集者は満足気に、「では待っています」といっていた。やり出すと凝《こ》り屋の私は、夜、食事がすむが早いか、また作業にかかる。ラベンダーのおかげで指がつるつるする。バランタインの水割をつくり、歌舞伎のカセット（講談社から出ている）の「河内山」を聴きながら、ラベンダーの茎を編む。酒を飲みつつセッセと編む。ラベンダーの匂いにとりまかれ、ほろ酔いになって遂に一箱から十数本作りあげた。三日二晩かかり、酒とラベンダーの香りに酩酊《めいてい》してしまった。ラベンダー酒だ。

某月某日〈へちま酒〉

地方都市の文学賞が盛んだが、堺市にも自由都市文学賞というのができて第一回の審査があった。審査員は藤本義一さん、眉村卓さん、難波利三さんと私、である。無事入賞者が出て、中々よい作品で、みなホッとした。すんで大阪キタのホテルプラザの「花桐」で飲む。何のきっかけからかトシの話になり、市の助役さんでさえ、昭和四年生れということがわかり、やだー、モウ。このごろどこへいっても、私が座の最年長ということが多く、信じられない。そういえばこの間、ウチのおっちゃんとテレビをみつつ飲んでたら、橋本幹事長（当時）が出てる、私は指さしておっちゃんにいった。

「なんであんな若い人、幹事長にすんのん？」

「若いことあれへん。ええトシのおっさんやないか」

誰をみてもみな若くみえてしょうがない。

そうか。

私は今や、長老というべきトシになっちゃったのだ。（実績は伴《ともな》わないが、それはそれだけの器量しかなかったんだから、しょうがない）いやいや。（これは否定ではなく、感嘆である）そうか、長老か。トシだけは。

堺の入賞者も二十二歳大学生、という。これは面白かった、四人の審査員が一致してきまった。小説の場においては長老もへちまもなく、みな、文学書生になってしまう、そこがよかった、小説だけはトシに関係ない。

関西にいても四人が出会うことはめったになく、久しぶりのたのしい仲間ウチの酒であった。聞いてみると、藤本サンはじめ、誰もワープロを使っていない。

SF作家の眉村サンなら使っていそうに思うのに、
「ああいうものを使うと、字ィ忘れてしまうからあかん」
と氏はいやに力説していた。

某月某日〈逃げ切り酒〉

私の作品の「すべってころんで」を関西芸術座が東京で上演した。元来、新劇の劇団で、シリアスなお芝居をやるところだから、大阪弁で面白いものを演《や》らせても、ちゃんとホネっぽく、しっかり仕上っている。

それでいて、面白い、という舞台。

ぜったい、東京でも受けるわよ、と私は劇団をくどいて、東京公演を決意させた。

関係者も必死に運動してくれたけれど、おかげさまで砂防会館、三日間四回、超満員になってよかった。実はお芝居の前に私が短い時間、スピーチをしたのであるが、これはなくもがなのことながら、東京方面の読者へのご挨拶である。

私は講演もラジオ・テレビ出演も一切《いっさい》しないで、甚《はなは》だ愛想のないことである。しかし講演や出演というのは、とても気を使う。ヒヤヒヤして、いやァな圧迫感を、当日まで持たされてしまう。

あの重苦しい気分が、いやなんである。

越路吹雪さんが若死にしたのも、そのせいじゃないかと私は思っている。歌うたいが衆人のまえに出るのをビビっていたのでは商売にならないが、物の本で見ると、越路さんは出《で》を待つ間、とても神経質になり、心臓がドキドキし、つねに小さいパニック状態だったそうだ。そういうことをくり返していては体にワルイ。

小心なる私は、その圧迫感がいやさに、一段高いところに立ってしゃべる、というようなな、そら恐ろしい機会は、なるべく避けてきたのだった。編集者に催促されても圧迫感はあるが、まあ何しろ、こちらは融通も利《き》くし、口で丸めこむ、ということもできる（色気でたらしこむことができればもっと効果的なのだが……）。しかし演壇に立って数百人数千人相手にしゃべるというのは、いかにも精神衛生上よくない。——で、やっていなかったのだが、お芝居の前にちょいとしたスピーチ、というのをやり、お芝居がうまくいって、お客さんたちがよく笑ってくれたので、ホッとした。大阪へ帰って打ちあげの酒のおいしかったこと。自分できめたことだから逃げられず、四回スピーチしたわけだが、よくやるよと我ながら思ってしまった、もう、しなくてすむと思うと嬉しい。弱ること、困ること、辛《つら》いことはこのままずーっと（ありがたいことに先はそう長くないので）逃げ切れるといいなあ、と思いつつ、焼酎《しょうちゅう》のお湯割を何ばいも飲んだ。これはおっちゃんの故郷《くに》の親類が送ってくれる、奄美《あまみ》焼酎「瀬戸の灘」である。

（『小説現代』一九八九年九月一日）

魚どころ・酒どころ

某月某日

直径五十センチ以上はあろうという青磁の大皿に、透明な菊の花片をみっしり渦巻状に並べた、というかたちで——そう、ふぐさし、ここ下関では「ふく」の刺身が盛られている。

これが無慮、七、八皿、仲居さんによってどわどわっと運ばれてくる。座敷には、古川薫氏ご夫妻に赤江瀑氏、この「ふくツアー」を肝煎《きもいり》してくださったB社の方々に、私の飲み仲間の女の子六、七人、（ふくツアーにいこう、というと間髪を入れず、あいよ、と申しこんできた子たちだから、「ふく軍団」とでもいうのか）〆《し》めて十五、六人に、この豪勢な大皿である。しかも、ぴらぴらの薄い肉片ではない、それなら数片をまとめて一箸で食べられるが、これは新鮮な身の、こりッとして味の深い、手応え充分という厚み。たっぷりのあさつきと、紅葉おろしで、たれをくぐらせて食べる。熱々の香り高いヒレ酒。何ともいえない。極楽を見た人は極楽について語らない。

たのしい大一座であった。ふくを扱う魚会社の「社長さん」が、いまは下関でふくは獲れないが、集荷流通の大元締としてやっぱり下関は日本一であること、今夜のようなふくはめったに手にはいらぬ極上のものであること、貴重品の白子も皆さんにゆき当っていますから、どうぞたっぷり、……と熱弁、ふく軍団は、うわあ、と鬨《とき》の声をあげていたが——ちょうどそのころ、座敷から見える関門海峡は紫に昏《く》れなずんでゆく。

対岸の門司に灯がつく。

関門大橋のたもとも、ぴかぴかしはじめる。

ガラス戸をあけて廊下へ出てみれば、海は足もとを洗うばかり、風は冷いが何とも豪華な宴会場であった。赤間神宮前の料亭「ふくま」は、

(——下関って、こういう風なのかもしれないなあ)

と思っていたイメージ通りだった。お酒の名は聞き洩らした。そこへ、さっきお詣りした赤間神宮から、可愛いお巫女《みこ》さんが二人、お使いで来られる。権宮司《ごんぐうじ》さんからお神酒《みき》の差し入れ、壇ノ浦を前にしては飲まずにはいられない。暮れてゆく海峡には思ったよりおびただしい船が行き交い、一日千隻通行しますよと、古川さんのお話だった。

ふくツアーはもちろん、それで終らない。「しょうろ亭」で歌って、マリンホテルで三次会、ここでは美しい舞い手がいて、詩吟入りの奇兵隊なんか見せてくれた。もちろんこ こでも飲んで歌う。赤江さんに、宝塚の話をしようと思っているうちに、あっちこっちか

らの盃で、何が何だかわからなくなる。――しかし悪酔いしない。一同いよいよ盃をあけるピッチが早くなるばかり。ふくの効験であろう、すこやかな眠りにストンと落ち、まことに嘉魚というべきであった。

そうそ、思い出した。「ふくま」での宴半ば、私はふくさしの大皿を、隣席のとりかえてあげた。隣は若い女の子たちだから、ふくさしの減り方が早い。たちまち、からになったので、私は半分残っている私の分と取りかえたのだった。魚会社の社長が、からの皿をみて、「センセイもお好きですなあ」と感心、私は恥ずかしい。社長はふくに飢《かつ》えた人間、と同情されたか、私に自分のぶんの白子の皿もまわして下さったのであった。たちまち、あちこちからそそがれる、熱っぽい視線。頂戴！　という無言の圧力。あなたならどうする。私は勿論圧力にめげず、すばやくぱくりとたべ、ぐっと熱いヒレ酒をふくんだのであった。

某月某日

宮本輝さんと対談。伊丹第一ホテル。輝さんは今日は飲めへん、という。

「何でやのん」

「ゆうべ祇園で飲んだばっかりでな、ポカッと途中、記憶脱落した」

「そんなこと、私もよう、あるよ。完全に脱落して、目がさめるとウチでねてた。わりあい、ちゃんとしてるもんで、大丈夫だよ」

「そうか！　では飲もう。禁酒は明日からじゃ」

ということになった。私も、自慢ではないが、「あなたのアルコール依存度テスト」というのを、暮夜ひそかに、鉛筆を操りつつ採点してみると、もう、ほとんど「ハイ」。記憶が脱落した、を筆頭に、飲んでの失敗、ケンカ、放言、落しもの、わずかにイイエといえるのは「警察のご厄介になったことがある」という項だけ。

輝さんと飲んでいるうち取材旅行の面白い話をいろいろ、してくれるのであるが、ふと、私が同業者であることを思い出したらしく、

「これ、書いたらあかんデ」

「書かへん、書かへん」

また、面白い話をしながら、ふっと私に気付き、

「書いたら、あかんデ」

「書かへん！」

しばらくしてまたもや、

「書いたら……」

「書かへん、いうのに！」

もうテープも終り、仕事としてはとうにすんでいるのであるが、話は終らない、席をか

えて一階のバー「レンブラント」に。また取材のこぼればなしになる、クライマックスの面白いところへきて、みな、おなかを抱えて笑っていると、再び宮本ッチャンは私の商売を思い出し、

「そや、書いたら、あかんど！」

「書けへん、いうたらァ！」

——やっぱり、こうして書いてしまった。早春は、酒、酒でくれてゆく。下関・伊丹それぞれ、魚どころ、酒どころだから仕方ない。


（『小説現代』一九九二年四月一日）

さくら酒

某月某日

毎夜、お酒は飲んでいる。外（といったって伊丹市内だけど）で飲むときもあるが、家でも酒宴二時間、仕事のあるときはとりあえず眠ってまた起きて書くが、まあ、飲まない夜はない。しかしショッピングは家ではできない。この頃は旅行先の地方に、すてきな店ができているので、これがたのしみ。

一茶の故郷、柏原《かしわばら》（長野県信濃町）の方々が『ひねくれ一茶』の出版記念会をして下さることになった。会場は昔、脇本陣だった宿である。雪はかなり積っているが快晴、色紙に「ふるさとと思ほゆばかりやさしけれ一茶の村も黒姫山も」――大座敷でクラシックな、田舎の婚礼風な宴会、なかなか風情があって、よきものであった。

しかし、まあ、雪国の男たちの、酒の強いこと、強いこと。まったりしたいい地酒なのだが、入れかわり立ちかわり、盃をさされるので、いかな私も参ってしまう。たべものには皆さん、ほとんど手をつけていられない。ひたすら飲む（むろん日本酒オンリー）。し

ゃべっては献酬をくりかえす。中に一人、

「なんで一茶がひねくれですか、私、読んだところでは、どこがひねくれてるのか、わかりませんでした。まっとうな一茶、と思いますが」

といわれる方があった。そういわれると、私にもわからない。

「さあ。師匠を持たないからとちがいますか。師匠は百何十年前の芭蕉だけ、と思ってるところが、ひねくれ、のゆえんかもしれません。ほら、俳句って、みな先生の派があるでしょう」

というと、何を思い当られけん、

「あっ、はいはい、わかりました」

なんていわれていた。この地方名物のこしょう漬け（売ってはいない。各家庭で漬けこむもの）が出て、これがおいしかった。ピリっと辛い大根の漬物である。私はこれと地酒だけで、かなりおそくまでつきあってしまった。一茶もこうやって冬の夜長、飲んだのかなあ、と思いながら……。

翌日は小布施《おぶせ》へ出て、ここはいい町なので買物をする。自在屋でイタリーの陶器やガラス皿なんか買って送ってもらい、竹風堂で栗おこわの昼食、夜は湯田中温泉の湯本旅館、ここも一茶がよく来たところ、一茶の浴びた湯につかり、またもや二時まで飲んだ。

この夜は水割ウィスキーだったが、何でこうおいしいんだ？　と考えて、つまり、水がおいしいのである。天然の良水で割ったウィスキーは、まろやかな舌ざわり、同行者四人、一人も悪酔しなかった。

昔、野尻湖ホテルへ冬に泊って、軒端の雪柱《つらら》を折ったウィスキーロックも美味だったが、(雪柱に屋根の藁《わら》や松葉が入っていた）最近、旅して水の美味いのはこの柏原と小樽だった。

翌日は宿のご主人の車で長野まで送って頂いて、松本へ。ここも私の好きな町だ。ここでは野沢菜とわさび漬を仕込んだあとは、「木のおもちゃ　ぴあの」という店で、いろんなもの、人形とか箱とか、オルゴールとか、舶来おもちゃを買った。松本での食事は鯛萬と思ったが定休日で、支店の花櫚亭《かりん》へ。フランス料理とワインでいい気分で空港へいこうとすると、欠航だという。中央線・新幹線を乗り継ぎ八時半という帰宅、それから飲みはじめていると、もう食事を先にすませて寝ていたオッチャンが起き出し、野沢菜でまた宴会になってしまった。

某月某日

東京へいく。私は今年、文筆生活に入って足かけ三十年、著書が二百冊ぐらいになったので、担当編集者の方々と、お礼をこめてちょっと飲もう、というわけである。前の晩に東京入り、かるく飲んで十一時になる。

当日はよいお天気。パーティは夜だから、それまでせかされてる仕事をすればいいようなものだが、もう、絶対にしないから！

だって桜のつぼみもほころびようという春の好天気だもの。みんなで車をよんで隅田川へいってもらう。「あれが国技館ですよ」なんて教わったり、「あ、このへんが『ひらり』の舞台ね」なんてみんな言い合い、言問団子を食べ、二、三分咲きの桜を見て、神田明神へまいる。土地っ子なのか、結婚式をあげていた。かわいい花嫁花婿、和服だった。湯島天神へ廻ると、合格お礼の絵馬がたくさん掛っていたが「C大合格。きせきを起してくれてありがとうございます。何のなにがし」――C大生、キセキぐらい漢字で書けっ。

夜は古い編集者のお顔もたくさん見え、なつかしかった。たいへんな人数で咽喉がかわき、ウィスキーの水割を片っぱしから飲む。

この夜は編集者の方々がほとんどであったが、とくに歌の専門家におねがいして、奥本大三郎さんと池内紀さん、新井満さんに灘本唯人さんたちにマイクを握っていただく。奥本さんはフランス語で「すみれの花咲く頃」、池内さんは「さざんかの宿」（ねー、池内サン、〽つくしてもつくしても　ああ　他人の妻……というところで、私をふりかえらないでくれますぅ？）新井《マンちゃん》さんが「そして、神戸」灘本さんは「希望」でしたっけ、それにパフォーマンスと、元宝塚スターの瀬戸内美八さんの唄。お酒とたべもの。もう、テッテー的にノースピーチの宴。私は主催者として挨拶したが、二、三分だったと思う。でもみなそれぞれ、お話が弾んでたみたい。〽春のうららの隅田川……と合唱しながらしぜんに散会、というころには、私もお酒がまわっていい気分だった。ただし宴会のたべもの、「おでんが手ェつかずで残ってましたデ」には、ぐやじーと思ったけど。ホテルで飲み直し、深夜まで。このトシになると誕生日なんてどうでもいいけど、今年の誕生日はよかった。墨堤通りの桜を見、旧知にも会えたから。

（『小説現代』一九九三年五月一日）

酩酊酒肴《めいていしゅこう》

私は以前『春情蛸の足』（講談社刊）という短篇集を出した。これは大阪のたべものがテーマになっている。きつねうどん、お好み焼き、てっちり、たこやき、大阪風すきやき……それぞれが短篇の主題である。私は元来恋愛小説にもたべものの話を克明に書きこむほうなので、たべものに関する文章には関心がある。

その中で、これは凄《すご》いと推したいのが青木正兒《まさる》先生の『華国風味』（〇一年四月ワイド版岩波文庫として復刻刊行。〈おいしい本〉の中でも極めつけの絶品で、いまやご存じの方も多いであろう）。

青木先生（私はべつに直接教えを受けたわけではないが、この本を読めば先生としか言いようがない）は、昭和初期の中国文学研究者である（一八八七〜一九六四）。中国文物の愛好者であり、また好酒家・おいしいもの好きのかたでもあった。酒肴《しゅこう》について書かれた文章は、中国文学の教養に裏打ちされて何とも雅趣にみちている。先生は戦前のある年、中国の紹興《しょうこう》に遊ばれ、この地で名高い紹興酒を召しあがる。それが本書中の「花彫《かちょう》」

なる一章である。この地の有名な酒家へ入って極上の花彫酒を命じる。肴は川蝦《かわえび》のごく小さいのを佃煮にしたのと、莢豌豆《さやえんどう》を油でいためたものだけだった。ほかは注文に応じて外から取るという。この肴がいかにも口に適《あ》った。酒のもっとよいものを、と注文すると更に上のクラスのを運んでくる。「濃厚で杯に盛り上り、芳醇《ほうじゅん》甘美で如何にも善醸である」――先生はまた、この地の名物と聞く「蝦球鶏腰」を注文される。これは小蝦のかきあげと鶏の腎臓の料理らしい。しかし酒家の主人にいわせると、この料理は手間がかかるので、すぐには出来ず、しかも特別に作るので分量が多く、とても独りでは食べ切れぬがそれでもよろしいか、と念を押す。どうも大変な料理のようである。先生はそれでもかまわぬ、と、ついに三夜め、その酒家でくだんの料理を濃厚な美酒と共に召しあがる。

それは大きな平鉢に、蓬莱山《ほうらいさん》のごとき一塊りの天麩羅《てんぷら》を据えたものだったという。よく見れば皮をむいた小蝦の球が、大天麩羅の中に散乱充満し、半透明の衣を透かして美しくみえたという。しかも揚げかたというか、積みかたというか、「平鉢の底から噴出したように、皆上方に向かって飛躍したような姿勢を取っていて、上なるものは波がしらに乗った飛魚の群とでも言おうか、潮さいに驚き立った浜千鳥とでも見立てようか」という奇観。食べてみると衣《ころも》は脆美《ぜいび》でぼりぼり砕けた。

この天麩羅の美味の秘訣は衣にあるらしい。先生は、いわゆる〈朝鮮天麩羅〉といわれる緑豆《りょくず》から取った澱粉が原料なのか、もしくは杭州西湖名物の「藕粉《ぐうふん》」すなわち蓮根の澱粉であるか、考えられたがどちらとも分らぬ。しかし「天麩羅芸術も、ここに至ってその極致に達している」。見た目に美しく、食べて美味だった。

それはまるで「竜宮から噴《ふ》き上げた鰕球の珍饌《ちんせん》」のようであったと。

——何だか、咽喉《のど》が鳴りそうなご馳走である。

「陶然亭」なる一章がある。これも戦前、京都高台寺にあったという酒舗《しゅほ》。この章の「陶然亭酒肴目録」が凄い。肴の品かず何十種類あるかしれない。あるじは酒の味のわかる人で、酒客の嗜好《しこう》を知りつくし、工夫をこらしたという。

そもそもここの亭主がこんな変った酒店を営んだ動機は、あるとき町の小さな居酒屋の暖簾《のれん》をくぐってみると、中年増のおかみさんが小女《こおんな》一人を使って客に飲ませていた。そこへ常連らしい男がつかつかと入ってくる。黙って坐ったのへおかみさんも黙って、つねに出しなれているのか、浅草海苔を一枚炙《あぶ》り、揉《も》んで小皿に入れ、花がつおをひとつまみ、それに醬油をかけ、すり山葵《わさび》をたっぷり添えて、燗酒とともに出した。「男は受取ると箸《はし》でそれをまぜて、ちょいと挟んで嘗《な》めながら、如何にも旨そうに飲み始めた」——陶然亭をつくってみようと思ったのは、それを見たときであるという。滋味、香気、風味、右の肴にはそれがそなわっていると先生はいわれる。

——私はこの本を何度も読むが、いつもこの、名もなき居酒屋の酒の肴のところが好きだ。そうして飲まぬうちから酩酊してしまう。

（『本の窓』一九九六年五月二十日）

大吟醸

私の飲み友達の愚痴である。

彼は小さい町工場の大将《おやっさん》で、よくあるように、忙しいばかりでトータルすると儲かってない、という、しがない商いである。こういうのは大阪では、〈水道の水も飲まれへん〉と表現する。水道の水だってタダではない、水道代も払えないほど利が薄い、ということだ。他郷の人によく誤解されるが、〈どうですか、儲かってますか〉と問われて、

〈ボチボチだんな〉

というのは、浪花ではかなり儲かってる部類である。内輪にいうているのだが、今日び、私の知己や飲み友達の中で〈ボチボチ〉なんて旨い汁を吸ってる奴は一人もおらぬ、〈金は、どこへいってるんやろうなあ〉〈どこぞには、だぶついとるんやろうけどなあ〉とぼやきながら焼鳥や串カツで安酒を飲んでいる手合いである。

そういう一人のおっさん、これも小なりといえ、〈社長〉と呼ばれているのだが、彼の話だ。

外廻りから帰ってみると、電話番兼帳簿係兼お茶汲みの四十代パート夫人が、待ち構えていて、たけり狂っていた。

〈もおっ、社長、私、よういいませんわっ〉

〈何ンや、どないしてん〉

〈エラい見幕の電話、かかったんですよっ〉

〈社長〉は納期のやや遅れている得意先を思い浮かべ、○○鍛工怒っとんのか、というと、

〈そんなんやないですっ。もおっ、知らんわ、私ィっ〉

しかしパート夫人は電話の相手の見幕にただ怒っているばかりではないようで、いまいましいような、きまり悪そうな、照れ臭そうな、間の悪そうな、尻こそばゆそうな、あほらしそうな、要するに、自分を身の置きどころないようなこんな状況に陥れた運命に対して腹立てている、という印象であった。〈社長〉はもとより無残なる無教養者だから表現のヴォキャブラリイは少いが、半白の髪を頂く年齢まで生き擦れてきた人生キャリアのおかげで、それなりの感受性はあるわけである。

その電話は初老の男の声で、自分はナントカ町の町内会役員であるといい、おたくのワゴン車が町内の通りに停まっている、社名が入っていたので電話したといった。男ははじめ自制していたようであるが、だんだん激してきて、

〈あそこ、通学路だんにゃっ。それが、あんなことして、よろしのかっ〉

すみません、とパート夫人はいい、駐車禁止の場所ですか、というと、

〈そんなこと、いうてえへんっ〉

男はいよいよ憤激を発して手もつけられない。緊迫した応酬《やりとり》は以下の如くである。

〈おたく、社員教育どないなってまんねん。車の中で若い衆が女の子とナニしてまんがなっ〉

〈は？　ナニと申しますと〉

〈ナニはナニやがな、社長出しなはれ〉

〈社長は他出しておりまして〉

〈通学路でな、あンた、外から車内まる見えやが。小学校・中学校の通学路でっせ、三時いうたらあンた、下校時間でんがな、どないしてくれますねんっ〉

パート夫人はそのあと、どういって電話を切ったか、わからないという。

〈カッちゃんやな、今日ワゴンに乗っとるの〉

と社長は工場の若い衆のことをたしかめた。〈カッちゃん〉はいいとして工場で若い女の子は使っていない。どこかで拾い上げたのだろうか。

〈しっかし、なァ……〉

と〈社長〉は憮然とする。

〈何にせよ、いっぺんそれは注意しとかな、あかんデ。あンたからいうといてえな〉

〈そんなん、私、よういいませんわ〉

とパート夫人はきいきい声を出す。

〈社長いうて下さい。社員教育の責任があるでしょっ〉

〈ワシかて、よういわんわ〉

――〈社長〉は元来気弱なんである。就業時間中にそういう野放図なことをされたら困る、と注意したものであろうか、会社の名前にかかわるといったものであろうか、とつおいつ考えているうちに〈カッちゃん〉が戻ってくる。これはいつもと同じ、ホガラカな態度だったそうである。〈社長〉は舌がもつれて何もいえない。しかし、しょうがないから、

〈ややこしいこと、したらあかんデ〉

といったら、

〈ややこしいってなんですか〉

とカッちゃん。これは間のびした男前でどこかヌーとしたコタエない手合いとしか、言い様ない。

〈つまりその〉

と〈社長〉は言葉に詰り、

〈近所のヒト、見てはったそうやさかい〉

〈は？　何を、ですか〉

――こういうときのコトバ、どない、いうてエエもんやろか、アンタ、小説家やから、なンか、言えまっしゃろ、と、〈社長〉は突然私に割り振ってくる。

しかし私にも言えない。これは困ります。

結局、〈社長〉はこれこれ、しかじかと、〈コタエない〉若い衆、カッちゃんに言い含め、とにかく、そういうことを昼日なか、したら、あかんのやないかなあ……自信なく叱《しか》ると、

〈あ、ハイハイ〉

とカッちゃんはうなずき、

〈ほたら、社長、黒いカーテン、車につけて下さい、ほんなら見えません〉

〈カーテンの話違《ちゃ》う、いうねん！〉

〈ほたら、何の話ですか〉

振出しに戻ってしまった。

そこまで話して〈社長〉はもう一杯、熱燗を頼み、手羽の塩焼きを注文して考え深げにいう。

〈つまりでンな、根本《こんぽん》のトコ、できてまへん〉

根本のトコとは何ぞや。私もツクネと肝の串を注文して私のほうは大吟醸の冷やを頼み、考える。

〈日本は〉〈と、〈社長〉の話はでかくなった〉

〈根本のトコがグサグサになっとりま〉

〈そうかもしれへんね〉

〈すべてのモトはそれ。戦前は忠君愛国、いうスローガンで一糸乱れず按配《あんばい》いってた〉

按配いってた、というのはスローガンが国是《こくぜ》ともなり思想ともなり宗教ともなって一国の統制がとれてた、ということであろう。

〈その前も、何や知らんけど、おました〉

私の考えるに、明治以前、江戸期ごろは仏教・儒教の影響もさりながら〈お天道《てんと》サン〉という民衆レベルでの倫理観があったろう。そんなことしたらお天道サンにすまぬとか、お天道サンのバチ当るとか、社会・個人を律する無形の道徳観や美意識があり、民衆はそれに照らし合せ、納得していた。おのずから、〈無為にして化す〉という感じで、世の中も人の身も〈按配よう〉いっていた。

〈そうでっしゃろ、それが現代《いま》はおまへん〉

〈みんなぶち壊して、それだけで、あとの新しい道徳《もん》が生れてないのやね〉

〈日教組がぶち壊した。カッちゃんみたいなん作ったんは、日教組だす。学校《がっこ》の先生《せんせ》が責任者や。責任者出てこい！　ちゅうねん〉

突然、日教組の話になる。私はいう、日教組の責任だけではない。ぶち壊したのは、ぶち壊されたいという、民衆レベルでの潜在的欲望があったからですよ、しかしぶち壊され

たいほうもぶち壊したほうも、アトの道徳《こと》は考えなかった。〈お天道サン〉でも復活してくれれば、〈ええねッけどナー〉

〈ま、こんなアホらしい話、呆《あき》れまっしゃろ〉と、〈社長〉は匙《さじ》を投げた如くいう。私はべつに呆れない。私は張三李四の市井《しせい》小説ばかり書いてる人間だから。だけどカッちゃんをとっちめる叱言《こごと》の文句は考えても出てこない。公序良俗に反するのはハズカシイ、と……。

〈いや。ハズカシイ、ということを教えるのはむつかしいねえ……〉

しょうがないからそこで〈社長〉と乾杯し、ぐだぐだと安酒の夜は更けてゆく。伊丹《ここ》は〝白雪〟や〝老松〟といったお酒の名どころで、大吟醸が旨い。

（『文藝春秋』一九九六年十二月一日）

酔生夢死

私は小さい陋屋《ろうおく》を、兵庫県の奥に持っている。それを得たのはもう古いことで、三十年も前であるが、のち夫が病いを得て何年も行けなかったりして、その間の陋屋の世話は村人に任せっきりであった。そんなことができたから、そこに小屋を買ったんだともいえる。

小屋の前を県道が通ることになり、私の古い小屋は県に買上げられた。つい近くに同じような小屋があり、そっちに替えた。ついでにログハウスを建てて廊下でつないでもらった。揖保《いぼ》川の支流のそばで、美しい川の流れを居間から眺められる。一応仕事が出来るように机は持ちこんであるが、この机に関心を示したのは、村人中で現地の中学校長さんただ一人であった。

〈おお、こちらでお仕事を。こりゃ、ありがたいことですなあ〉

校長先生はわがことのように喜んだ。

その先生のほかは、机がどっち向いていようが、本があろうがなかろうが頓着ない村人ばかりで、囲炉裏に火を熾《おこ》して、とってきたヤマメを串に刺し、一ぱい飲むことだけ考えている連中である。実をいうと私もそのほうがうれしい。仕事は一応、携えてはきても、この家で川のせせらぎを聞いていると、あほらしくて、仕事など、出来たものではないのであった。

毎夜、小屋（別荘などといえたものではない）にいると、酔生夢死のうちに日は過ぎてゆく。何しろ向うは、入れかわり立ちかわりくる村人だ。こちらは私と、夫と、アシスタント嬢三人で迎え撃つのだ。しかも毎夜毎夜だ。えらいこった。自然に酒が強くなる。毎夜の酒宴の、食べ残しが出る。村人の中でもシッカリして私が頼りにしている、お助けおじさんのような男が、

〈狸にやろまいか〉

と提案した。やろまいか、というのは播磨《はりま》弁で、やろうではないか、という意味である。

〈狸が出ますか〉

〈出るくらいな。狸、狐、鹿、みな、来よるでの。鹿はこのまえ、表のガラス戸を割っとった〉

〈ひゃあ。なんで鹿と分るんです〉

〈角《つの》の先をこつんこつん当てるさけ、穴が二つずつ開《あ》いとった。エサがないさけ、ここらまで下りて捜しに来よるが。庭先の花のつぼみから、竜のヒゲの玉まで食べて去《い》にようたでの。よっぽど腹空《す》かしよったんやろ、の〉

私はとても鹿がかわいそうだった。人間が山々を荒らし木を乱伐してしまったので餌がなくて人里まで下りてくるのだ。私の小屋のあるあたりは長く深い谷で、山の斜面と川原で出来た地区である。

食べ残しを狸にやるのは大賛成だといったら、お助けおじさんはただちに、小屋の近くの原っぱ（そこはちょっと前まで畠であったが、持主が老齢化して畠作をあきらめ、売地にするという）へ、ビニール包みのそれを運んでぶちまけた。果物の皮、残飯、魚の頭や骨である。彼のいわく、狸に残りものをやるのはよいが、三つのことに気をつけてやってくれ、と私たちにいましめた。

一、ビニールのきれっぱし、ビニール紐《ひも》、ナイロン袋その他、缶のフタ、アルミ箔の類。

二、爪楊子。

三、煙草の吸い殻。――以上三つ厳禁。

こういうものをいっしょくたにやっては〈可哀そうじゃけえのう〉というのである。私はかねてこのお助けおじさんに頼り、何やかやと世話になっていて、信頼していたが、そのやさしいのにも感心した。彼は小屋の中へまぎれこんだ二十日鼠も蜘蛛もコオロギも蛾も、殺さずに逃がしてしまう。唯一、ガムテープで獲《と》って殺すのはカメムシだけである。この虫の体液は臭いし、もし目に入ったりしたら猛毒だという理由である。

ログハウスが夏に向ってやっと出来たというので行ってみたら、ほぼ満足すべき出来具合であった。木の香がむせるようなのに嬉《うれ》しくなる。床に腹這いになって目の下の川の流れ、岩を嚙む急湍《きゅうたん》を見ることもできた。

サンルームの天井には、合歓《ねむ》の木がふさふさと生い茂り、ガマズミが窓のそばに赤い実を鈴なりにつけ、風がよく通った。壁の端っこ、丸太の出っぱりに網袋がひっかけてある。おかきやビスケット様《よう》のもの、飴玉などがみえる。これも狸にやるのかと思ったら、シッカリ者のお助けおじさんはこともなげに、

〈ナニ、これはワシが食うんやさけ〉

という。彼は時々一人で小屋へやってくる。見廻りかたがた、家に風を入れ、時に掃除などするためである（家業は若い者に譲り、今は村の世話役、並びに村の政界のいい意味でのお目付役、まとめ役、調停役でもあり、結構忙しい人なのである）。――よって、私が頼んだこの小屋の管理保安は、彼にとっては、仕事というよりも、忙中閑日月を楽しむ時間でもあるらしい。訪《おとな》う人もなく、川の流れの音、小鳥の声ばかりという小屋の中で、一人で茶を淹《い》れて坐りこみ、呆然と室内を見廻しつつ、われながら、

（なんと、よう出来たもんじゃあろまいか）

と感心しつつ、菓子などつまむのだという。何しろ建築のはじめから私は、お助けおじさんに任せきり、ここをああしてこうして、という注文はみな彼に任せていた。彼は丸太を積みあげる所から見ているので、まるで自分が手塩にかけて育てた子のように、この

家に思い入れがあるらしい。小屋の出来上りに、（自分の所有物ではないにせよ）満足し、感慨にふけるというのは、さもあろうことと思われた。
　小屋に名前をつける段になって私は気取って〈鈴虫山荘〉という名を考え、
〈鈴虫がいないのにおかしいかな？〉
　といったら、村人の反応は、〈ナニ、すぐつかまえてきて、そこら、放しますさけ〉という無造作なものだった。鈴虫よりも、今夜の酒は足りようかの、ビールはどうやった、〇〇チャンはどうした、アレは鰻を釣りにいきおる、ヤマメの数は足ろうか、などと、朝からもう夜の酒宴の段取りばかりしている。ここらの男たちは白髪を頂くトシになっても、小学校・中学校の同窓生ばかりゆえ、互いに〇〇チャン、と呼び合う。
　私は壁にかけようと思い、短冊に認《したた》めた。
〈鈴虫山荘といふといへども虫よりも
　　　　　川音たかし　夜《よ》もすがらなる〉
　村人たちは口をつぐみ、横目で私の筆の動きを見て、近寄ってこない。私は押しピンで壁へ貼った。〈おお……のう……〉と男たちはあとはむぐむぐというばかり、声張って読みあげようとか、腰折れ歌をあげつらおうとする者もないのは奥ゆかしい。というか、村の男たちは、短冊・色紙に何やら、ぐちゃぐちゃ書かれているシロモノには目を逸《そ》らせるという習慣があるらしく、それはそれで文化的だ。

しかし更なるめざましい文化は、夏の一日、ログハウスでの鮎酒《あゆざけ》の宴であった。シッカリしたお助けおじさんが近くの青竹をスパッスパッと切り出してくる。細い青竹から竹盃を作り、やや太目の青竹は先端を三角に切って竹徳利にする。焼いた鮎をそこへ入れ、熱燗の酒を流しこみ、囲炉裏につっこむ。

鮎酒はまったりしてそこへ竹の香りが添い、まろやかな風味である。二度三度くらい、熱燗をそそぐことができる。鮎は前の川で釣れた天然ものだから、塩焼きのシンプルなのもよいが、この鮎酒も、鰻酒よりもっと香ばしく旨《うま》かった。みな、すっかり廻ってしまった。

酒浸しの鮎は例によって狸の通り道に置いてやることにした。

翌朝、原っぱを見ると、すでに前夜のうちに引いていったものか、鮎や残飯は影も形もない。しかも少々異変がある。狸の通りみちは雑草の中、つねに可憐《かれん》なひとすじ道が指で指せるほど辿《たど》られるのだが、この朝はそれがふた筋、三筋ついている。

〈仰山《ぎょうさん》の連れを連れて来《き》ようたのじゃろうかの〉

〈いゃあ、狸かて、あの鮎酒には酔うたやろうから、千鳥足で帰ったんかもしれんの、よろけてひと足、また三足……〉

と誰かが演歌のひとふしを唄った。鮎酒にした鮎は三尾ばかりもあったはずである。私は一尾を口にくわえ、両脇に一尾ずつかかえて酔歩蹣跚《まんさん》とすみかへ辿るタヌ公の姿を想像していつまでも笑っていた。狸の巣は川を渡った対岸の深い森だと、シッカリ者のお助けおじさんは見てきたように確信をもっていう。

〈そらァ上手に川渡りよるさけ、の。川向うからこっち見て、灯がついとったら、今夜はエサにありつけると喜んどろう〉

エサは夜のうちにやること。朝やるとカラスに持っていかれてしまう、とおじさんは私どもに教えた。このへんは福知という村なので、タヌ公は皆からフクちゃんという名を貰うことになった。

こういう村に、私の〈文学碑〉を建てようという話がもちあがったのである。実をいうと私は『すべってころんで』を書いたとき、この村をモデルにしたのだった。前町長さんは堀口大学の好きな文人町長であったゆえ、文学碑を契機に〈村おこしにもなろうし、この渓谷美を売り出そまいか〉というところであったらしい。

私は碑には〈酔生夢死〉と書くのがこの村での私の生活にはいちばんふさわしいと思ったのだが、皆の多く望んだのは『すべってころんで』の中の一節、あまり芸もない文章だが、〈福知渓谷〉という名が明記されているくだりであった。

私はそれを書かされた。この川から出た花崗岩に黒い石を嵌《は》めこんで、そこへ字は白抜きになっている。黒石は楓《かえで》の葉のかたちで、これが美しい。観光客のよく来る町立の〈休養センター〉前にそれは建てられた。分に過ぎたるものと私は思い、面映《おもは》ゆいながらに嬉

しかったのだが、除幕式から数日後、

（ほんに裏側を見なかったっけ）

と思って見にいった。小屋からは車で十分もかからない。碑の裏面は前・文人町長さんが建立の由来を書いて下さっていた。下さっていたが、私は村人が私の短冊から目を逸らしたように、いそいであらぬ方を向き、ついで、あたまの中が真っ白になってしまった。

冒頭、「文豪田辺聖子先生は……」とあるではないか。もう消しゴムでは消せない。どうしようもない。できるなら背後へ柵《さく》をまわして誰も読めないようにしてもらいたいが、前町長は名文家だからわが文章を（なんと、よう出来たもんじゃあろまいか）と自讃して悦んでいられるかもしれず、それを阻むこともできない。私は消え入りたい。タヌ公のフクちゃんにでもなってしまいたいと思った。

（『青春と読書』一九九七年一月一日）

コップとグラス

その夜は私と、古い男友達、そして九十六になる私の老母、という妙なとり合せの夕食であった。アシスタント嬢も休みの日。

旧友は私の飲み友達である。老母ともお馴染《なじ》みなので、客人好きの老母はいそいそする。老母は小さく縮んでいるが、まだ元気である。目も耳もどうにか用を弁ずることが出来、何にでも興味と関心をもつ。好きなものは新聞、それにおしゃれだ。毎夜の夕食には、昨日と違うカーディガンをひっかけてくる。このあいだも、私はいろんな色のルージュを人に頂いたので、念の為と思い老母に見せると、

〈えーっ、年寄りがあゝた、口紅なんて〉

といいながら、一つを取りあげ、手の甲へ塗ってみて、〈あらま、ちょっと濃すぎるわね〉と、結局は残らずためしてみて、〈じゃこれを〉とさっさと一つをバッグに収めた。

そういう婆さんである。ちょっと癖毛《くせげ》の髪は白銀色でつやつやしてたっぷりあり、頭頂が薄くなりつつある私を、冷笑する。

〈あンたはタナベの系統で、髪が薄いのよ〉

何でもワルいことは父方の系統のせいにする。

好きなものはほかに、人を差配すること。

〈まあ、また飲むの、さっき、ついだばかりやないの〉

なんて咎《とが》める。

焼酎《しょうちゅう》の水割り、というのはなんでこう、スコスコと咽喉《のど》を通るのか、私も友人も老母をそっちのけに話に興じていると、グラスがすぐ空く。からになったコップは最低の存在である。（もう一杯、いく？）と目顔で聞くと、テキも（うん、いま、そう言お、思《おも》てたとこ）という感じでうなずく。たちまち焼酎と水でコップがいっぱいに満たされるとそれは即、グラスになり、気分が最高になる、という按配《あんばい》。

そういうとき、サメた年寄りに〈まだ飲むの？〉なんて批判されたくない。さっさと消えてくれればいいのに、客人好きの老母は消えたがらない。我々を等分に見てたしなめる。

〈そんなに飲んでると、あたま悪くなりますよ〉

〈もう、手おくれだっていうの！〉

私の言葉に〝！〟がつくのは、いつも交わされる会話だから。

〈まあまあ、お酒は精神を安定させますよってな〉

と間をとりもつ友人。

〈というても、ホドホドがよろし〉と老母。

〈ホドホドに飲んで安定するか！〉と、〈女のおっさん〉たる私は毒づく。友人は年寄りにやさしい大阪男であるゆえ（これは男のおばはん、というべきか。これらは、わかぎゑふさんの造語である）、老母にお愛想をいう。

〈しかし、いやー、オ母サンはお若いですなあ。九十六にはとても見えません。どう見ても九十そこそこですよ〉

あんまり違いはないと思うけど、老母は嬉しげに皺《しわ》んだ頬を赤らめ、声も弾んで、

〈あら、お口のお上手なこと〉

〈まあまあ、楽しくいきましょうや〉

なんていいつつ、更なる新しい一杯を自分と私のコップにつぎ、またもやそれをグラスにする。私はそれで以て、にわかに気分晴れやかとなり、〈じゃ歌でも歌いますか〉と「大阪しぐれ」を歌い出すと、老母は鼻で嗤《わら》って冷評する。

〈古い歌やこと。今どきそんな古い歌、うたう人があるのかねえ。それにこのうちでは演歌以外、聞いたこと、ないわねえ……〉

〈バッハやベートーベンでお酒が飲めるかっていうの！〉

老母はかたちを改めて、おごそかにいう。

〈あンたね、自分一人で偉《えろ》うなったように思《おも》たら、いけませんよ〉

そこへくるか。老母は〝話ねじまげ〟の大家であるのだ。木に竹を接《つ》いだようなことをいって私をたしなめている。こうなれば、またもやコップをグラスにするしか、ない。私は友人にコップをつきつけ、彼はあわてて、双方のコップになみなみとついでグラスに変じさせるのであった。

（『小説新潮』二〇〇二年一月一日）

お酒の店

〈タナベサンが演歌なんか唄《うた》われる、とはねえ〉
と、意外そうに、しかし鄭重《ていちょう》に訊《き》かれる、知人の初老紳士あり。〈みい。私だって〈どや、おせい、ナニしとんねん〉というような、雑駁《ざっぱく》なる友人ばかりでもないんだ。教養高き鄭重紳士も知人にはいられるのだ〉
鄭重氏は、
〈いや実は九月号の『文藝春秋』の、永六輔さんとの対談を拝見したもので〉
あー、はいはい。連れ合いを亡くした同士の対談で、私はおっちゃんと〝お酒の店〟
〈酒屋さんではない。バーというほど高級でもない、お酒を飲んでカラオケで唄ってわっと騒ぐだけの店）でよく「昭和枯れすすき」を唄った、と永さんに話していた。私は演歌が好きだ。ド演歌ほどいい。紳士は、うちおどろく。
〈ホー、演歌が？　私などタナベサンには戦前の女学生というイメージがあって「ローレライ」とかソプラノで歌われるのかと……〉

あたしゃソプラノでド演歌を唄うんですよ。それに演歌は皆で騒げるからいい。たとえば「昭和枯れすすき」（作詞山田孝雄）は三節目に〽この俺を捨てろ　なぜ　こんなに好きよ……。ここをおっちゃんと私、掛け合いで歌うと、店の常連の飲み仲間が〈ええかげんにせえ！〉と怒ることになっている。

〈でも歌詞にあるもん〉

〈歌詞にあるからって、唄やいいってもんやない！〉――結局みなに水割り一杯ずつ奢《おご》らされ、〈この歌は高価《たこ》うつく〉とおっちゃんがぼやいて、ママをはじめ店中大笑いという段取り。都はるみさんの「大阪しぐれ」（作詞吉岡治）なんかも大変だ。私が、〽ひとりで生きてくなんて　できないと　泣いてすがれば……と唄うと、〈すがってくれや、受けて立つ！〉とわめく奴《やつ》。

〽こんな私で　いいならあげる……〈ちょうだい！〉――やかましい、いうねん。

〈ハー〉

鄭重紳士は理解に苦しむ風。

〈実は私、演歌には縁がなかった育ちで、そこへもってきて家内や息子らもクラシック派で演歌嫌い、ときてまして。私は〝聞かず嫌い〟のほうです〉気の毒に。〈しかしタナベサンがお好きといわれるなら、いっぺん聞きたいものです〉

紳士は未知との遭遇に挑戦する気分が湧《わ》いたらしい。

〈その〝お酒の店〟へいっぺん、連れていって下さい。そこメンバー制ですか？〉

とんでもない。仕事を終えて突っかけでやってくる八百屋のおっちゃん、散髪屋のおっちゃんらが来る店である。いいですよ、と口軽く答えて、私は、はっと気付いた。

この二、三年、あちこちの〝お酒の店〟はバタバタと閉めてしまったっけ。ママが亡くなったり引退したり。あとはどこも若者向きに改造され、英語の歌詞と強烈な音楽がわんわんと道まで響くのみ。演歌自体は残るが、おっちゃんおばちゃんらが、茶々を入れたり合唱したりという、あの中高年ご愛顧の、和やかな、おっとりした〝お酒の店〟は消失してしまったのだ。


（『朝日新聞』二〇〇二年八月二十六日）

酒の肴

今夜の献立は、鯖《さば》の味噌煮、シラス干しとわかめの二杯酢、焼きあなご、山芋のとろろ……ほか、いろいろの常備菜。——なんてご報告するのも、私の友人（男女を問わず）達、〈毎晩、よう飲んではるけど、オカズ、何でんねん〉なんて電話してくるからである。

大阪人は大の男でも〈オカズ〉、〈酒の肴〉などにつき、堂々と話題にのぼらせて憚《はばか》らない。人生の一大事だからである。毎晩、接待や宴会、などという紳士達はさしおき、このごろは自分でもちょこまかと台所に立って一品でも作ろうかというオジサンが多いので、興味はあるみたい。しかし虎ちゃんはいう、酒の肴はたべものより話題だと。しかも、虎ファンだけに、

〈そらア、やっぱり野球の話やな、〇〇、タイガースへ来よるかどうか。来年はぜひタイガース勝って、星野に、男、上げさしたいなー、いうことのほか、おまへんが〉

〈トレードの話なら、庶民がう、だ、う、だ、いってもしょうないいんじゃない？　結局、お金でしょ〉と私。

〈そやから、おせいさん一つ頼むワ〉

何が、やねん。何であたしが頼まれなきゃいけないのさ。ま、あれば、友人のねんごろな慫慂《しょうよう》のままに、気前よくいいところを見せたいが、川柳にもあるごとく、

「かかるときポンと出したい金がない」（川村伊知呂）

というところ。

〈野球の話よか、やっぱり少し教養の匂いのただよう話題よ。音楽とかお芝居とか〉

と上品なミセスがいう。

〈教養の話は討論会になってしまうよってな。教養で飲めるかい〉と昭和党。

〈いやー、このごろ思うねんけど〉とよっしゃん。

〈人生、もうちっと色気あってもよさそうに思うなあ。一生の手持時間、ずんずん少のうなっていく、というのに、色気はどんどん遠ざかっていく。これで終りかいナーと思たら、なんや、はかのうてな〉

〈そや、金をむさぼるのはあかんけど、色気はむさぼりたいな。とはいうものの、これも相手の要るこっちゃさかい、むつかしい〉と虎ちゃん。

〈結局、男にはしんから面白い、いうこと、人生にないねんデ。ワシ、この間、それ発見した〉――口ほどもなくハレバレという昭和党。

〈あら、お孫さんが生き甲斐とおっしゃるかたも、いらっしゃるのに〉とミド嬢。

〈そこまでおちぶれとらん。これでもワシ、サムライの心意気や。犬、可愛がってる方がまだマシや。来い、マルテキ〉

——ちょうどそこへ来たうちの飼犬マルちゃんを膝へ抱き上げる昭和党。マルは誰にもおとなしく抱かれる。

〈こいつ、泥棒にでも抱かれよるやろな。節操ない奴ちゃ〉

〈あら、純真といって下さい。泥棒もこんな無邪気で純真な子を見ると、思い直して、悪事はできないと、盗みはやめるかも〉と、ミド嬢がいうのへ、

〈その代り、隣へ盗みに入りよるやろ〉と、これはもう、誰がいうたかわからない、杯盤《はいばん》狼藉《ろうぜき》。何やかやして今夜も例のごとし。話題が何であろうと、結局、みな楽しそうに飲んでるではないか。

(『東京新聞』二〇〇二年十一月九日)

献《けん》酬《しゅう》

〈いてはりまッか〉と、〝花の中年〟氏が、日本酒の720ミリリットルの瓶を提げてやってくる。今日はミド嬢もお休みの日、老母は夕食後、寝てしまう。〈仕事よりほかに身の振りかたなくて　あわれ今年の秋も去《い》ぬめり〉という感じで、私、しこしこと仕事をしているところだった。

このまた、目下の仕事、というのが大変だ。このたび集英社さんから私の本格的な全集を出して頂くことになって、それはわが人生にとって一世一代の栄誉で嬉しいが、そのための仕事量も大変なもの。嬉しい労力ではあるが。

〈ぼくも夕飯すましてます。いや、ね、この日本酒は旨い、と聞いたんで、おせいさんと味噌でも舐《ねぶ》りながら飲《いつ》も思て。ミニ忘年会ですワ〉

私は喜んで仕事をおき、梅干のあんまり酸っぱくないのをつぶして種をのぞき、細目の葱《ねぎ》をこまかく刻んだのに、煎《い》り胡麻、花かつお、海苔のあぶったのを揉んで、まずあわせ、ちょぼッと醤油をたらして即席の肴をつくった。その間、花の中年氏はぬる燗《かん》にしている。

〈あんたって、日本酒党だったっけ？　いつも焼酎のお湯割だったのに〉と私。

〈はあ、大体、外では焼酎ですワ。日本酒は今夜みたいな、気がねない時だけです。外で日本酒飲むと、悪酔いします〉

彼のいうのに、宴席で出る日本酒には、つきものの、盃の献酬がある。あれがあかんという。男たちは酒を注いで廻るのに夢中だ。

置くと注がれ、干すとまた注がれる。仕方なく盃を伏せておくと、今度は相手の盃をおしつけられ、また注がれる。ことわると、〈ワシの注ぐ酒は飲まれへん、てか⁉〉とからまれる。

〈往生します。からむ奴がワルイ、というより、そもそも盃の献酬という風習が、あかんのですな。よってぼくは、献酬の悪習に毒されとらん焼酎に切り換えた。コップに水割焼酎をなみなみと注いどくと、誰からも献酬を強《し》いられずにすみます。若手の奴らもこの頃、そう思うのかしら、日本酒は不人気です〉

そうなると、日本酒が売れずに困るでしょうねえ。焼酎ばかり売れて。

〈いや、焼酎かて売れんかも知れまへんデ。宴が長びくと、ぼくら、コップに水だけ張って底に梅干一つ入れてごまかす。傍目《はため》には水割焼酎のように思われる〉

――では焼酎会社も不景気になるのか。私の責任ではないが、全日本の酒造業界のために私は心配してしまう。

〈あ、いや、その代り、今夜みたいな、気がねない時は、つまり献酬の心配ないときはゆっくり日本酒たのしみます。すんまへん、おせいさん、なんぞ、ほかの酒、おまへんか〉

手みやげのはずの、ナントカ大吟醸の720ミリリットルは早くも空き、結局、気がねない所では飲んでるんじゃないか。日本の酒造業界は安泰なようである。

（『東京新聞』二〇〇三年五月二十八日）

夜の一ぱい

いきつけの焼鳥屋で、手羽やズリなんかをアテに、これも地もとの酒、〈白雪〉や〈老松〉のぬる燗《かん》を飲《や》っていると、(――こんな風だから私は〃女のおっさん〃といわれてしまう。しかし私としては、どうしても七色のカクテルやワイン、チーズやハムで、仕事のあとの〃夜の一ぱい〃をやりたくない。もちろん、それ相応の場所へいけば、容易にその気になる私であるが、仕事後の夜の一ぱいだけは、洋風でなく和風であらまほしい。……〃和風〃すぎる、という声もあろうが――)そこへその店の息子〃ボクちゃん〃が入ってきた。

彼はふだんは、店には出ていない。ときどき、アルバイトの男の子が休んだりすると、臨時に助《すけ》っ人《と》をしているが、本職は大学生だ。わが家でのアダナは〃ボクちゃん〃、なんでかというと、この子の生れる前から、この店へ通ってたので、生れたてのころから知ってるわけ。

(してみると、私はもう二十年以上も、この店の常連客ということになる)

ボクちゃんは私とミド嬢に快活に挨拶する。

あっと思った。見たこともない、〈イイ顔〉になって、元気よくすこし太り、〈フツーの若い衆《しゅ》〉の顔になっている。いや、フツーの若い衆は現代、無愛想《ぶあいそ》だったり、屈託ありげだったり、欲求不満的な、ゆえなき敵愾心《てきがいしん》にみちみちていたりするのが多いから、比較にならない。

ボクちゃんはそれほどでもないが、少し人見知りする、口数少ない子であった。それがあるとき交通事故で右腕を損じた。幸い、腕を失うまでに到らなかったけれど、神経がどうかした、とかで指が動かないという。

事故のニュースを聞いて、私たちも胸をいためていたのだが、長いことたって親爺さんに連れられ、〈退院しました、ご心配かけて〉と挨拶に来てくれた。よかったねえ、と私は涙が出てきた。ボクちゃんは私たちとの応対は親爺さんに任せ、ウチの飼犬マルちゃんの相手にばかりなっていた。以前より寡黙、暗鬱《あんうつ》で、何かに気を取られているように、うつろな表情だった。

若い子にとって思いがけない体の障害は、どんなにか人生の一大打撃だったろうと同情されるが、あんまり生気がなさすぎるのが心配だった。一命をとりとめてくれたのは嬉しいが。

それがいま、久しぶりに見るボクちゃんはにこにこ、ハレバレと、している。

〈リハビリやってます。ちょっとずつ、ええ具合になりそうで、がんばってます〉

ミド嬢などはそれを聞くより早く、涙声になって、

〈そうよ、人間のからだってふしぎなことがいっぱい、あるのよ。きっときっともと通りになるわよ〉

……といいつつ、何かを念じるように、服の上からボクちゃんの傷んだ腕を撫であげ、撫でおろす。彼女は、ある霊能者の先生に、〈このかた、少し、霊能者の気《け》がありますね〉といわれたヒトなんである。

〈ありがとうございます〉

とボクちゃんは素直に礼をいい、そんな尋常な対応は、以前の健常者だったときより、もっとフツーの青年らしかった。その上、あっけらかんと、こんなことをいう。

〈ぼくかて、将来、結婚するとき、結婚リングをぼくの指で相手のヒトにはめてやりたいですもんね……〉

——私たちはいそいで、〈そうよン……〉〈えらい、えらい、その意気ごみでね〉と励ました。

なんてまあ、〈かッわゆい……〉ことをいうんだろう、と私はボクちゃんのけなげさにほろッとした。

犬の散歩中とかで、ちょうど他のお客さんが立ったところなので、店内へ連れてきて見

せてくれる。仔犬のころ見たが、あっという間に大きくなった。チョカチョカと動きまわる、茶色のコーギー、四本の足先だけ白くて白足袋をはいたよう、眼のつぶらな可愛いヤツ。こんな弟分がいるのも、一人っ子のボクちゃんには支えになったろう。犬を連れて彼が帰ったあとも、私はミド嬢と酒を酌み交しつつ、

〈いいなあ、若い子って。ロマンチックな夢があって、希望があって――〉

といった。

そしてフト、思った。もしかして、彼には好きな娘《こ》がいるのかもしれない。その娘が、〈あなたの指でリングはめて。はめられるようになって〉とささやき、それがボクちゃんの励みになったのかもしれない。――だとしたら、なんてかしこい、可愛い心根の娘だろう。

そんなことを考えているうち、フト、手酌で酒をつごうとして、いやにカウンターが高いのに気付いた。

いや、椅子が低すぎるのか。

おかしい。

二十年通って、そんなこと、思ったこともなく、この店は死んだ夫《おっちゃん》ともよく来たのだが、いつもいい高さのカウンター、そして椅子だと思っていた。

こっそり、〈この台、高すぎない？〉とミド嬢にいうと、彼女は私よりは身長があるが、

〈え？　別にィ……〉

とけげんそうである。お客さんが入ってにぎやかになったので、別に声をひそめる必要はないのであるが、ミド嬢は小声で、

〈それって、センセの背が縮んだ、ということじゃないですかァ〉

〈かも、しれない〉

老いると小さくなる人をたくさん見るけど。

ミドちゃんは更に追い打ちをかける如く、

〈それに、お尻の肉も落ちてきて、薄くなるってことも、あるかも〉

〈わかりましたよ、もう〉

ロクなことをいってくれない。

しかし、若い世代が育ちつつあるのだ。

老兵が縮み、消えゆくのも、時のうつろい、というものであろう。でも何か、今夜はあと味のいい、〈夜の一ぱい〉だった。


（『婦人公論』二〇〇四年一月二十二日）

書誌一覧

乾杯

私とお酒　初出『酒』一九六六年五月一日、第十四巻五号
夏の酒　初出『酒』一九六八年七月一日、第十六巻五号
女同士の酒　初出『小説現代』一九七〇年八月一日
四段階　初出『酒』一九七一年四月一日、第十九巻四号
しょげ酒のオトコはん　初出『酒』一九七二年一月一日、第二十巻一号
三十一文字酒　初出『酒』一九七二年二月一日、第二十巻二号
歌い魔の酒　初出『酒』一九七二年三月一日、第二十巻三号
直言酒　初出『酒』一九七二年四月一日、第二十巻四号
色けのある酒　初出『酒』一九七二年五月一日、第二十巻五号
ジュース酒　初出『酒』一九七二年六月一日、第二十巻六号
お供酒　初出『酒』一九七二年七月一日、第二十巻七号
若者の酒困　初出『酒』一九七二年八月一日、第二十巻八号
りちぎ酒　初出『酒』一九七二年九月一日、第二十巻九号
異人種　初出『酒』一九七二年十月一日、第二十巻十号

ぬすみ酒　初出『酒』一九七二年十一月一日、第二十巻十一号
酒の上酒　初出『酒』一九七二年十二月一日、第二十巻十二号

ほろ酔い

酒徒とのつき合い　初出『小説現代』一九七二年十一月一日
酒色　初出『週刊文春』一九七二年十一月二十日
収録『女の長風呂　続』一九七四年一月三十日、文藝春秋
文庫『女の長風呂Ⅱ』一九七七年三月二十五日、文春文庫
酒と肴のこと　初出『酒』一九七三年一月一日、第二十一巻一号
お茶とお酒　初出『週刊文春』一九七六年五月七日
収録『ああカモカのおっちゃん』一九七七年二月二十日、文藝春秋
文庫『ああカモカのおっちゃん』一九八一年十月二十五日、文春文庫
更年期の酒　初出『小説現代』一九七六年十二月一日
ツチノコ酒場　初出『週刊文春』一九七七年三月二十四日
収録『ああカモカのおっちゃんⅡ』一九七七年十一月二十五日、文藝春秋

文庫『女の気まま運転――カモカ・シリーズⅡ』一九八二年三月二十五日、文春文庫

お酒と私
初出『野性時代』一九七七年四月一日
収録『私とおまえの深い関係』一九八三年二月五日、角川書店

酒徒番附
初出『小説現代』一九七八年一月一日
収録『歳月切符』一九八二年十一月三十日、筑摩書房
文庫『歳月切符』一九八六年五月二十五日、集英社文庫

私の酒と肴
初出『酒』一九七八年一月一日、第二十六巻一号

酒の酌
初出『週刊文春』一九七九年一月二十五日
収録『カモカのおっちゃん興味しんしんⅡ』一九七九年十一月十日、文藝春秋
文庫『女のハイウエイ――カモカ・シリーズⅣ』一九八三年三月二十五日、文春文庫

辛い酒
初出『週刊文春』一九七九年六月二十八日
文庫『女のハイウエイ――カモカ・シリーズⅣ』一九八三年三月二十五日、文春文庫

夏休みの酒
初出『週刊文春』一九七九年九月六日
収録『芋たこ長電話』一九八〇年十一月二十日、文藝春秋

お酒のアテ　文庫『芋たこ長電話』一九八四年十月二十五日、文春文庫

私と日本酒　初出『週刊文春』一九八一年二月二十六日
収録『女の居酒屋』一九八一年十一月二十五日、文藝春秋
文庫『女の居酒屋』一九八五年十一月二十五日、文春文庫
全集『田辺聖子全集第九巻』二〇〇五年二月十日、集英社

夜の母子草　初出　談『朝日新聞』一九八二年九月二十九日夕刊、広告シリーズ日本酒賛歌

酒の店について　初出『週刊文春』一九八二年十月二十一日
収録『女の口髭』一九八三年八月十日、文藝春秋
文庫『女の口髭』一九八七年五月十日、文春文庫

きさらぎ酒場　初出『四季の味特選――地酒と肴』一九八三年一月一日、鎌倉書房
収録『性分でんねん』一九八九年九月二十日、筑摩書房
文庫『性分でんねん』一九九三年五月二十四日、ちくま文庫

飲み場所　初出『週刊文春』一九八四年二月九日
収録『女の幕ノ内弁当』一九八四年九月一日、文藝春秋
文庫『女の幕ノ内弁当』一九八七年九月十日、文春文庫
初出『週刊文春』一九八四年四月十二日
収録『女の幕ノ内弁当』一九八四年九月一日、文藝春秋

文庫『女の幕ノ内弁当』一九八七年九月十日、文春文庫

酩　酊

酒どころ伊丹　初出『小説現代』一九八四年五月一日
春愁カモカ酒　初出『週刊文春』一九八四年五月三日
収録『女の中年かるた』一九八五年七月二十日、文藝春秋
文庫『女の中年かるた』一九八八年一月十日、文春文庫
元禄の酒　初出『酒』一九八五年一月一日、第三十三巻一号
酒・幾山河　初出　お酒の雑誌月刊『たる』一九八五年十月
嫌酒権　初出『週刊文春』一九八五年九月十九日
収録『浪花ままごと』一九八六年十月三十日、文藝春秋
文庫『浪花ままごと』一九八九年五月十日、文春文庫
憮然酒　初出『週刊文春』一九八五年十月三日
収録『浪花ままごと』一九八六年十月三十日、文藝春秋
文庫『浪花ままごと』一九八九年五月十日、文春文庫
ブゼン酒　初出『週刊文春』一九八六年六月十九日

収録『女のとおせんぼ』一九八七年十月十五日、文藝春秋
文庫『女のとおせんぼ』一九九〇年七月十日、文藝春秋
全集『田辺聖子全集第九巻』二〇〇五年二月十日、集英社

オトナ酒
初出『酒』一九八七年一月一日、第三十五巻一号
収録『性分でんねん』一九八九年九月二十日、筑摩書房
文庫『性分でんねん』一九九三年五月二十四日、ちくま文庫

〈川柳をよむ〉
飲んでほし、止めてもほしい酒をつぎ　初出『小説現代』一九八四年七月一日
収録『川柳でんでん太鼓』一九八五年十月二十一日、講談社
文庫『川柳でんでん太鼓』一九八八年十月十五日、講談社文庫

〈川柳をよむ〉
出世せぬ男と添うた玉子酒――「夫婦という男と女」（『田辺聖子の人生あまから川柳』
集英社新書、二〇〇八年十二月）

そろそろお開き
逃げ切り酒――酒中日記　初出『小説現代』一九八九年九月一日

魚どころ・酒どころ――酒中日記　初出『小説現代』一九九二年四月一日
さくら酒　初出『小説現代』一九九三年五月一日
酩酊酒肴　初出『本の窓』一九九六年五月二十日
収録『楽老抄　ゆめのしずく』一九九九年二月二十八日、集英社
文庫『楽老抄　ゆめのしずく』二〇〇二年二月二十五日、集英社文庫
大吟醸　初出『文藝春秋』一九九六年十二月一日
収録『楽老抄　ゆめのしずく』一九九九年二月二十八日、集英社
文庫『楽老抄　ゆめのしずく』二〇〇二年二月二十五日、集英社文庫
酔生夢死　初出『青春と読書』一九九七年一月一日
収録『楽老抄　ゆめのしずく』一九九九年二月二十八日、集英社
文庫『楽老抄　ゆめのしずく』二〇〇二年二月二十五日、集英社文庫
コップとグラス　初出『小説新潮』二〇〇二年一月一日
収録『楽老抄Ⅳ　そのときはそのとき』二〇〇九年六月十日、集英社
文庫『楽老抄Ⅳ　そのときはそのとき』二〇一三年三月十九日、集英社文庫
お酒の店　初出「ゆくも帰るも浪花の夕凪」『朝日新聞』二〇〇二年八月二十六日夕刊
収録『なにわの夕なぎ』二〇〇三年一月三十日、朝日新聞社

酒の肴　初出『東京新聞』二〇〇二年十一月九日
収録『楽老抄Ⅱ　あめんぼに夕立』二〇〇七年二月二十六日、集英社
文庫『楽老抄Ⅱ　あめんぼに夕立』二〇一〇年二月十九日、集英社文庫

献酬　初出『東京新聞』二〇〇三年五月二十八日
収録『楽老抄Ⅱ　あめんぼに夕立』二〇〇七年二月二十六日、集英社
文庫『楽老抄Ⅱ　あめんぼに夕立』二〇一〇年二月十九日、集英社文庫

夜の一ぱい　初出『婦人公論』二〇〇四年一月二十二日
収録『ひよこのひとりごと』二〇〇六年六月七日、中央公論新社
文庫『ひよこのひとりごと　残るたのしみ』二〇〇九年七月二十五日、中公文庫

解説

浦西和彦

田辺聖子さんに初めてお目にかかったのは一九九三年七、八月頃であったと思う。田辺さんは、その前年の一月より「道頓堀の雨に別れて以来なり──水府泡幻──」を『中央公論』に連載されていて、その資料調査に関西大学総合図書館に来館されたのである。関西大学総合図書館では一九八三年から「大阪文芸コレクション」として「大阪文芸資料」を収集し、それを準貴重書として保存に努めていた。そこには岸本水府や麻生路郎の篇著書や「番傘句会参加者名簿」、自筆の「川柳仲間回覧集」など川柳関係のものも含まれている。田辺聖子さんは雑誌『番傘』を閲覧にいらっしゃったのである。関西大学には『番傘』が一九一三年から一九四五年迄ほぼ全冊揃っていた。そのとき図書館長をしていた私は「大阪文芸資料」に田辺聖子さんの著書や自筆原稿を何か一つ寄付していただけないかと、厚かましくもお願いしたのである。田辺さんは自著二百冊余と自筆原稿「うたかた絵双紙——古典まんだら」を快く寄贈して下さった。自筆原稿は鉛筆書きで書き込みや訂正のないうつくしい筆跡で、それを製本までしていただいたのには大変恐縮したのである。

田辺聖子さんのお宅を訪問したのはその翌年である。一九九四年九月二十二日に「おおさか文芸書画展—近世から近代へ—」を大丸百貨店心斎橋店で開催するために、田辺さんに色紙などをお願いに伺ったのである。その時に短冊二枚、色紙三枚をいただいた。短冊二枚には「机よりほかに親しむことなくてあはれ今年の冬も去りぬめり」、「気晴らんとまあぼちぼちにいきまひょか」、また三枚の色紙には「年を重ねて夢うしなわず」、「あけぼのはいつも美し　女人はなべてうるわし」「われはゆくなり只一騎　おどけ笑いの竹槍に」と流れるような文字で書いていただいた。田辺聖子さんを始め沢山の人の協力を得て「おおさか文芸書画展」は好評であった。入場者は八千五百人におよんだ。嬉しいことは、大変お忙しい田辺聖子さんが時間を割いて、旦那さんの川野純夫さんと一緒に観に来ていただいたことである。田辺聖子さんは、渡辺霞亭の掛け軸「山下夕陽芳草路橋辺流水落花村霞亭学人書」などをごらんになって、さすが明治の文人は風格のある立派な書を書かれると感心されていた。

私は大学に二百冊余りの著書を寄付していただいたこともあって『田辺聖子書誌』（一九九五年十一月三十日、和泉書院）を作成したのである。田辺聖子さんは一九六四年四月に「うたかた」を『小説現代』に発表して以後、中間小説雑誌や週刊誌などにも幅広く多面的な活動を展開されていった。その発表形態が実に多岐多彩であって、おまけに多作家である。意外なところに執筆されていたりする。その量は厖大である。どこに何をお書きになっているか見当がつかないのである。その上、調べるにも関西の図書館では婦人雑誌や週刊誌、エンターテインメント系の雑誌など所蔵しているところがない。その大きな密林を踏査して断簡零墨を精査した完全なる書誌の作成は絶望的といっていい。そこで、私は小説だけはすべて確認し、エッセイその他は、その時点で確認できないものがあってもしかたがないと、清水の舞台から飛び降りるような気持ちで決心して、あの『田辺聖子書誌』を纏《まと》めたのである。小説と違って、エッセイ類は単行本に収録されないで、そのまま放置されたものが多くある。開高健『言葉の落葉』全四巻（富山房）のような単行本未収録エッセイ集が刊行されないものかと思う。

大阪にある健康食品株式会社が、食専門の資料、単行本、雑誌、一枚物資料、絵葉書・シール類などを収集し、「ケンショク『食』資料室」を創設している。そこには大学図書館や公共図書館が収集してこなかった食に関する珍しい文献が「大日本物産図会」や宮内省の晩餐会メニューなどをはじめとして豊富に多数ある。一民間企業が十五万冊以上もの食文化に関する文献を集められたのには感心した。私は室長の吉積二三男氏に『ほろにな通信』や『あじくりげ』や『酒』などの食雑誌を閲覧させていただいたのである。雑誌

『酒』は五、六冊の端本を持っていて、『田辺聖子書誌』作成の時も、全冊を調べなければならないと気になっていた雑誌の一つであった。「ケンショク『食』資料室」で『酒』を見ていると、そこに田辺聖子さんが酒に関するエッセイをなんと十九点も寄稿されていたのである。これには驚いた。田辺さんなりに佐々木久子さんの雑誌『酒』を応援する思いがあったのであろう。そこで田辺聖子さんの酒談義を纏めてみたいという気になったのである。

本書には一九六六年五月一日発行の『酒』に発表された「私とお酒」から二〇〇八年十二月二十一日に刊行された『田辺聖子の人生あまから川柳』（集英社新書）収録の「出世せぬ男と添うた玉子酒」まで、四十二年間にわたって書かれた酒についてのエッセイ五十五篇を収めた。田辺聖子さんが三十八歳から八十歳にかけて書かれた酒のエッセイである。

一九六六年というと、その二年前に「感傷旅行〈センチメンタル・ジャーニイ〉」で第五十回（昭和三十八年度下半期）芥川賞を受賞され、『私の大阪八景』（一九六五年十一月一日、文藝春秋新社）を刊行し、新進作家として活躍を開始された直後である。また、二〇〇八年というと、『田辺聖子全集』全二十四巻別巻一（集英社）が二〇〇六年八月に完結し、文化勲章を受章された年である。

一九六六年のエッセイ「私とお酒」は田辺聖子さんの独身時代の酒について書かれたものである。なんとなく若い独身の女性が一人で外でお酒をたしなむなどというようなことは社会的に許されぬような風潮があったのであろう。この一九六六年に、田辺聖子さんは神戸市兵庫区の開業医師の川野純夫さんと結婚された。田辺さんの本格的な酒歴のスタートといってもいい。「私に酒を教えこんだのは、相棒である」「ウチの相棒は毎晩飲む。それゆえ私も一しょにいるときは、毎晩飲まなければならない」(「夏の酒」)と述べられている。亭主の川野純夫さんの晩酌へのお付き合いから日本酒の味を覚えたしなむようになった。田辺聖子さんとお酒といえば、十五年間にわたって『週刊文春』に連載されたカモカ・シリーズから「カモカのおっちゃん」がセイコさん遊びましょうとお酒を持ってきて、お酒をくみかわしながら、楽しいおしゃべりをする光景を思い浮かべる。田辺聖子さんにとって川野純夫さんは最高のよき飲み相手であったのであろう。それでは毎晩どれぐらいお飲みになったのであろうか。一九七七年四月の「お酒と私」では、その適量について、次のように書いている。

「女は、三十五、六をピークとした前後の年が、女として、いちばん美しい(二十代の美は、まだ未完成である)。酒量も同じで、体力の底ぢからがつく三十代半ばが、いちばんの飲みざかりである。

二十代では、自分の体調がみきわめられないから、往々、無茶をしてしまう。

私は三十代後半から四十代前半にいちばん飲んだ。

四十五すぎて、やや鉾先がにぶり、ことに日本酒はあとをひきやすくなった。二日酔いは一年に二回ぐらいする。ただ、食事がいつも和食なので、日本酒を飲まないと恰好つかない。一本か一本半ぐらい日本酒を飲んで、あとブランデーかウイスキーの水割り、というぐらいが、昨今の適量である。

そのあとは、また昔に帰って、このごろ、カクテルを楽しんでいる」

年齢とともに飲むお酒の種類や量が変化していくのであろうが、日本酒に始まってブランデー、ウイスキーの水割り、カクテルと飲み続いたのは田辺聖子さんの四十九歳の頃である。雑誌『酒』で話題になった一九七四年度「文壇酒徒番附」では、田辺さんは新関脇で女性初の殊勲賞に選ばれている。

田辺聖子さんは「お酒を飲めば陽気になり、はしゃがなくてはウソだと思うものだ」「お酒が入ったら浮かれなきゃソン」（「しょげ酒のオトコはん」）であるという。また「酒というものは、つまり酩酊ということは、夢まぼろしの世界をつくることである」「酒を飲んだら、おしゃべりになり、陽気になり、歌をうたいたくなり、自慢したくなり、また人に対しても寛容になって、おべんちゃらがいいたくなり、ほめたくなり、世の中は善人と美男美女、天才秀才にみちみちていると思うようになるべきなのだ」（「直言酒」）と述べられている。田辺聖子さんは一人でしんみりとお酒をたしなむのでなく、みんなで陽気にはしゃぎ、浮かれてお飲みになるのが好きなようだ。『田辺聖子全集9　月報』（二〇〇五年二月、集英社）の表紙に珍しい写真が掲載されている、それは「バーカモカ」の看板である。それについて、田辺さんは「地下バー」〈表紙もの語り〉で「自宅の地下室は飲み屋ふうにして、カウンターに止まり木の椅子、灯のつく看板も作った。次の店へいこう！　と、ひとりが叫ぶと看板は裏向けにされる。「バーカモカ」から「スナックお聖」。いや、よく飲んだ日々。飲まない友人も、常連と称してこの地下バーを愛してくれた。いまは物置になっているが、近日再開予定」と述べている。「カモカ連」を結成して徳島の阿波踊りに参加したり、この「バーカモカ」の看板を作るというような遊び心があって、田辺聖子さんは気持ちよく酩酊し「夢まぼろしの世界」を闊歩することが出来るのであろう。実に楽しいお酒なのである。

「三十一文字酒」「夜の母子草《ははこ》」「嫌酒権」「大吟醸」などを読むといつの間にか社会や世の移り変わりが感じられて、本書は田辺聖子さんの楽しい酒談義集である。

（うらにしかずひこ　関西大学名誉教授）

扉絵　武藤良子

JASRAC 出 1316323-902

中公文庫

夜《よる》の一《いっ》ぱい

2014年1月25日 初版発行
2019年10月5日 再版発行

著　者　田《た》辺《なべ》聖《せい》子《こ》
編　者　浦西《うらにし》和彦《かずひこ》
発行者　松田陽三
発行所　中央公論新社
〒100-8152 東京都千代田区大手町1-7-1
電話 販売 03-5299-1730 編集 03-5299-1890
URL http://www.chuko.co.jp/

DTP　嵐下英治
印　刷　三晃印刷
製　本　小泉製本

Published by CHUOKORON-SHINSHA, INC.
Printed in Japan ISBN978-4-12-205890-3 C1195

中公文庫既刊より

各書目の下段の数字はＩＳＢＮコードです。978－4－12が省略してあります。

た-28-12
道頓堀の雨に別れて以来なり　川柳作家・岸本水府とその時代(上)
田辺聖子
大阪の川柳結社「番傘」を率いた岸本水府と川柳に生涯を賭けた盟友たち……上巻は、若き水府と、柳友たちとの出会い、「番傘」創刊、大正柳壇の展望まで。
203709-0

た-28-13
道頓堀の雨に別れて以来なり　川柳作家・岸本水府とその時代(中)
田辺聖子
川柳への深い造詣と敬愛で、その豊醇・肥沃な文学的魅力を描き尽す伝記巨篇。中巻は、革新川柳の台頭、水府の広告マンとしての活躍、「番傘」作家銘々伝。
203727-4

た-28-14
道頓堀の雨に別れて以来なり　川柳作家・岸本水府とその時代(下)
田辺聖子
川柳を通して描く、明治・大正・昭和のひとびとの足跡。川柳への深い造詣と敬愛でその豊醇、肥沃な文学的魅力を描く、著者渾身のライフワーク完結。
203741-0

た-28-15
ひよこのひとりごと　残るたのしみ
田辺聖子
他人はエライが自分もエライ。人生はその日その日の出来心――七十を迎えた「人生の達人」おせいさんが、年を重ねる愉しさ、味わい深さを綴るエッセイ集。
205174-4

た-28-18
隼別《はやぶさわけ》王子の叛乱
田辺聖子
ヤマトの大王の想われびと女鳥姫と恋におちた隼別王子は大王の宮殿を襲う。「古事記」を舞台に描く恋と陰謀と幻想渦巻く濃密な物語。〈解説〉永田萠
206362-4

さ-18-7
男の背中、女のお尻
佐藤愛子
田辺聖子
女の浮気に男の嫉妬、人のかわいげなどを自在に語り合い、男の本質、女の本音を鋭く突いた抱腹絶倒の対談集。中山あい子、野坂昭如との鼎談も収録する。
206573-4

う-30-1
「酒」と作家たち
浦西和彦編
『酒』誌に掲載された川端康成ら作家との酒縁を綴った三十八本の名エッセイを収録。酌み交わし、飲み明かした昭和の作家たちの素顔。〈解説〉浦西和彦
205645-9

し-6-27
韃靼《だったん》疾風録（上）
司馬遼太郎
九州平戸島に漂着した韃靼公主を送って、謎多いその故国に赴く平戸武士桂庄助の前途に待ちかまえていたものは。東アジアの海陸に展開される雄大なロマン。
201771-9

し-6-28
韃靼疾風録（下）
司馬遼太郎
文明が衰退した明とそれに挑戦する女真との間に激しい攻防戦が始まった。韃靼公主アビアと平戸武士桂庄助を軸にした壮大な歴史ロマン。大佛次郎賞受賞作。
201772-6

し-6-32
空海の風景（上）
司馬遼太郎
平安の巨人空海の思想と生涯、その時代風景を照射し、日本が生んだ人類普遍の天才の実像に迫る。構想十余年、司馬文学の記念碑的大作。芸術院恩賜賞受賞。
202076-4

し-6-33
空海の風景（下）
司馬遼太郎
大陸文明と日本文明の結びつきを達成した空海は哲学宗教文学教育、医療施薬、土木灌漑建築と八面六臂の活躍を続ける。その死の秘密もふくめ描く完結篇。
202077-1

し-6-36
風塵抄《ふうじんしょう》
司馬遼太郎
一九八六年から九一年まで、身近な話題とともに土地問題、解体したソ連の問題等、激しく動く現代世界と人間を省察。世間ばなしの中に「恒心」を語る珠玉随想集。
202111-2

し-6-38
ひとびとの跫音《あしおと》（上）
司馬遼太郎
正岡子規の詩心と情趣を受け継いだひとびとの豊饒にして清々しい人生を深い共感と愛惜をこめて刻む、司馬文学の核心をなす画期的長篇。読売文学賞受賞。
202242-3

し-6-39
ひとびとの跫音（下）
司馬遼太郎
正岡家の養子忠三郎ら、人生の達人といった風韻をもつひとびとの境涯を描く。「人間が生まれて死んでゆくという情趣」を織りなす名作。〈解説〉桶谷秀昭
202243-0

し-6-44
古往今来
司馬遼太郎
著者居住の地からはじまり、薩摩坊津や土佐檮原などのつやのある風土と人びと——「古」と「今」を自在に往来して、よき人に接しえた至福を伝える。
202618-6

各書目の下段の数字はISBNコードです。978－4－12が省略してあります。

し-6-49
歴史の舞台 文明のさまざま
司馬遼太郎
憧憬のユーラシアの大草原に立って、宿年の関心であった遊牧文明の地と人々、歴史を語り、中国・朝鮮・日本を地球規模で考察する雄大なエッセイ集。
202735-0

し-6-50
人間について〈対談〉
司馬遼太郎
山村　雄一
人間を愛してやまない作家と医学者がそれぞれの場から自在に語りあう脳と心、女と男、生と死、宗教と国家……。創見と知的興奮にみちた人間探究の書。
202757-2

し-6-51
十六の話
司馬遼太郎
二十一世紀に生きる人びとに愛と思いをこめて遺す「歴史から学んだ人間の生き方の基本的なことども」。井筒俊彦氏との対談「二十世紀末の闇と光」を収録。
202775-6

し-6-52
日本語と日本人〈対談集〉
司馬遼太郎
井上ひさし、大野晋、徳川宗賢、多田道太郎、赤尾兜子、松原正毅氏との絶妙の語り合いで、〈実にややこしい言葉〉日本語と日本文化の大きな秘密に迫る。
202794-7

し-6-53
司馬遼太郎の跫音《あしおと》
司馬遼太郎他
司馬遼太郎――「裸眼で」読み、書き、思索した作家。人々をかぎりなく豊かにしてくれた、巨大で時空を超える、その作品世界を初めて歴史的に位置づける。
203032-9

し-6-55
花咲ける上方武士道
司馬遼太郎
風雲急を告げる幕末、公家密偵使・少将高野則近の東海道東下り。大坂侍・百済ノ門兵衛と伊賀忍者を従えて、恋と冒険の傑作長篇。〈解説〉出久根達郎
203324-5

し-6-56
風塵抄（二）
司馬遼太郎
一九九一年から九六年二月十二日付まで、現代社会を鋭く省察。二一世紀への痛切な思いと人びとの在りようを訴える。「司馬さんの手紙」（福島靖夫）併載。
203570-6

し-6-59
司馬遼太郎 歴史歓談Ⅰ
日本人の原型を探る
司馬遼太郎 他著
出雲美人の話から空海、中世像、関ヶ原の戦いの人間模様まで。湯川秀樹、岡本太郎、森浩一、網野善彦氏らとの対談、座談で読む司馬遼太郎の日本通史。
204422-7

し-6-60
司馬遼太郎
歴史歓談Ⅱ 二十世紀末の闇と光
司馬遼太郎 他著
近世のお金の話、坂本龍馬、明治維新から東京五輪まで。日本の歴史を追い、未来を考える、大宅壮一、三島由紀夫、桑原武夫氏らとの対談、座談二十一篇を収録。
204451-7

し-6-61
司馬遼太郎
歴史のなかの邂逅1
空海〜斎藤道三
司馬遼太郎
その人の生の輝きが時代の扉を押しあけた――。歴史上の人物の魅力を発掘したエッセイを古代から時代順に集大成。第一巻には司馬文学の奥行きを堪能させる二十七篇を収録。
205368-7

し-6-62
司馬遼太郎
歴史のなかの邂逅2
織田信長〜豊臣秀吉
司馬遼太郎
人間の魅力とは何か――。織田信長、豊臣秀吉、古田織部など、室町末期から戦国時代を生きた男女の横顔を描き出す人物エッセイ二十三篇。
205376-2

し-6-63
司馬遼太郎
歴史のなかの邂逅3
徳川家康〜高田屋嘉兵衛
司馬遼太郎
徳川家康、石田三成ら関ヶ原前後の諸大名の生き様や、徳川時代に爆発的な繁栄をみせた江戸の人間模様など、歴史のなかの群像を論じた人物エッセイ。
205395-3

し-6-64
司馬遼太郎
歴史のなかの邂逅4
勝海舟〜新選組
司馬遼太郎
第四巻は動乱の幕末を舞台に、新選組や河井継之助、緒方洪庵、勝海舟など、白熱する歴史のなかの群像を論じた人物エッセイ二十六篇を収録。
205412-7

し-6-65
司馬遼太郎
歴史のなかの邂逅5
坂本竜馬〜吉田松陰
司馬遼太郎
吉田松陰、坂本竜馬、西郷隆盛ら変革期を生きた人々の様々な運命。『竜馬がゆく』など幕末維新をテーマに数々の傑作長編が生まれた背景を伝える二十二篇。
205429-5

し-6-66
司馬遼太郎
歴史のなかの邂逅6
村田蔵六〜西郷隆盛
司馬遼太郎
西郷隆盛、岩倉具視、大久保利通、江藤新平など、明治維新という日本史上最大のドラマをつくりあげた立役者たち。時代を駆け抜けた彼らの横顔を伝える二十一篇を収録。
205438-7

し-6-67
司馬遼太郎
歴史のなかの邂逅7
正岡子規〜秋山好古・真之
司馬遼太郎
傑作『坂の上の雲』に描かれた正岡子規、秋山兄弟をはじめ、日本の前途を信じた明治期の若者たちの、底ぬけの明るさと痛々しさと――。人物エッセイ二十二篇。
205455-4

各書目の下段の数字はＩＳＢＮコードです。978－4－12が省略してあります。

し-6-68
司馬遼太郎
歴史のなかの邂逅8
ある明治の庶民
司馬遼太郎
歴史上の人物の魅力を発掘したエッセイの集大成、全八巻ここに完結。最終巻には明治期の日本人から祖父・福田惣八、ゴッホや八大山人まで十七篇を収録。
205464-6

の-3-13
戦争童話集
野坂昭如
戦後を放浪しつづける著者が、戦争の悲惨な極限に生まれえた非現実の愛とその終わりを「八月十五日」に集約して描く、万人のための、鎮魂の童話集。
204165-3

よ-25-1
TUGUMI
吉本ばなな
病弱で生意気な美少女つぐみと海辺の故郷で過した最後の日々。二度とかえらない少女たちの輝かしい季節を描く切なく透明な物語。〈解説〉安原顯
201883-9

よ-25-2
ハチ公の最後の恋人
吉本ばなな
祖母の予言通りに、インドから来た青年ハチと出会った私は、彼の「最後の恋人」になった……。約束された至高の恋。求め合う魂の邂逅を描く愛の物語。
203207-1

よ-25-3
ハネムーン
吉本ばなな
世界が私たちに恋をした――。別に一緒に暮らさなくても、二人がいる所はどこでも家だ……互いにしか癒せない孤独を抱えて歩き始めた恋人たちの物語。
203676-5

よ-25-4
海のふた
よしもとばなな
ふるさと西伊豆の小さな町は海も山も人もさびれてしまっていた。私はささやかな想いと夢を胸に大好きなかき氷屋を始めたが……。名嘉睦稔のカラー版画収録。
204697-9

よ-25-5
サウスポイント
よしもとばなな
初恋の少年に送った手紙の一節が、時を超えて私の耳に届いた。〈世界の果て〉で出会ったのは……。ハワイ島を舞台に、奇跡のような恋と魂の輝きを描いた物語。
205462-2

よ-25-6
小さな幸せ46こ
よしもとばなな
最悪の思い出もいつか最高になる。両親の死、家族や友との絆、食や旅の愉しみ。何気ない日常の中に幸せを見つける幸福論的エッセイ集。タムくんの挿絵付き。
206606-9